MAMIE DAN

W0252915

DU MÊME AUTEUR

CHEZ POCKET

L'ACCIDENT
AU NOM DU CŒUR
LE CADEAU
CINQ JOURS À PARIS
COUPS DE CŒUR
DISPARU
DOUBLE REFLET
DOUCE AMÈRE
LE FANTÔME
LA FOUDRE
HONNEUR ET COURAGE
JOYAUX
LE KLONE ET MOI
LA MAISON DES JOURS HEUREUX
MALVEILLANCE
NAISSANCES
PLEIN CIEL
LE RANCH
UN RAYON DE LUMIÈRE
UN SI GRAND AMOUR
UN SI LONG CHEMIN
FORCES IRRÉSISTIBLES
LE MARIAGE

DANIELLE STEEL

MAMIE DAN

Traduction de Zoé Delcourt

PRESSES DE LA CITÉ

Titre original :

Granny Dan

Le Code de la propriété intellectuelle n'autorisant, aux termes de l'article L. 122-5, 2° et 3° a), d'une part, que les « copies ou reproductions strictement réservées à l'usage privé du copiste et non destinées à une utilisation collective » et, d'autre part, que les analyses et les courtes citations dans un but d'exemple et d'illustration, « toute représentation ou reproduction intégrale ou partielle faite sans le consentement de l'auteur ou de ses ayants droit ou ayants cause est illicite » (art. L. 122-4).
Cette représentation ou reproduction, par quelque procédé que ce soit, constituerait donc une contrefaçon sanctionnée par les articles L. 335-2 et suivants du Code de la propriété intellectuelle.

© Danielle Steel, 1999
© Presses de la Cité, pour la traduction française, 2001

ISBN : ISBN 2-266-12483-8

Aux Grandes Amours
et aux petites ballerines,
à jamais vivantes
dans nos cœurs.

Et à Vanessa,
tout spécialement,
enfant tant chérie
et danseuse
extraordinaire.
Puisse la vie te traiter avec
grâce, douceur et
compassion.

Avec tout mon amour,

D. S.

PROLOGUE

Le colis est arrivé par une après-midi neigeuse, deux semaines avant Noël. Il était soigneusement emballé, attaché avec une ficelle, et m'attendait sur le pas de la porte quand je suis rentrée à la maison avec les enfants. Nous nous étions arrêtés au parc sur le chemin du retour, et je m'étais assise sur un banc pour les regarder jouer, en songeant une fois de plus à elle, comme je n'avais cessé de le faire depuis l'enterrement, une semaine plus tôt. Il y avait tant de choses que je n'avais jamais sues, à son sujet, que je n'avais pu qu'essayer de deviner, tant de mystères dont elle avait emporté la clé avec elle ! Mon plus grand regret était de ne pas lui avoir posé de questions sur sa vie, quand j'en avais encore la possibilité. Je pensais qu'elle ne pouvait pas avoir grand-chose à me révéler. Elle était vieille, après tout, alors, quelle importance ? Je croyais tout savoir d'elle.

Elle était la grand-mère aux yeux brillants de malice qui, à quatre-vingts ans passés, aimait encore faire du roller avec moi, préparait de délicieux petits gâteaux et parlait aux enfants de la ville où elle habitait comme à des adultes capables de la comprendre. Elle était très sage, très drôle, et ils l'adoraient. Et s'ils insistaient, elle leur faisait des tours de cartes, ce qui ne manquait jamais de les fasciner.

Elle avait une très belle voix, jouait de la balalaïka et chantait de superbes ballades en russe. Elle fredonnait en permanence et semblait toujours en mouvement. Et jusqu'à son dernier jour, elle était restée fine et gracieuse, aimée et admirée de tous ceux qui l'avaient connue. L'église était étonnamment pleine, pour l'enterrement d'une femme de quatre-vingt-dix ans. Et pourtant, aucun d'entre nous ne la connaissait réellement. Personne ne savait qui elle avait été, ni les endroits qu'elle avait fréquentés, ni le monde merveilleux qui l'avait vue grandir. Nous savions qu'elle était née en Russie, qu'elle était arrivée dans le Vermont en 1917 et qu'elle avait épousé mon grand-père quelque temps après. Nous partions du principe qu'elle avait toujours été là, qu'elle avait toujours fait partie de nos vies. Qu'elle avait toujours été vieille.

Aucun d'entre nous ne savait réellement ce qu'avait été sa jeunesse, et les questions sans réponses s'accumulaient dans ma tête. Pourquoi ne m'était-il jamais venu à l'idée de les lui poser ? me demandais-je.

Ma mère était morte dix ans plus tôt, et peut-être elle non plus n'avait-elle jamais connu ou cherché à connaître les réponses. Elle ressemblait davantage à son père : c'était une femme sérieuse, sensée. Une vraie native de la Nouvelle-Angleterre, bien que son père ne fût pas originaire de cette région. Comme lui, elle était silencieuse et ne laissait rien paraître de ses sentiments. Elle parlait peu et posait moins de questions encore ; elle ne semblait pas s'intéresser aux mystères du vaste monde ni à la vie des autres. Elle allait au supermarché pour profiter des offres spéciales sur les tomates ou les fraises ; c'était une femme pratique dans un monde terre à terre, qui n'avait que peu de points communs avec sa propre mère. Ma mère était « solide », un qualificatif que nul n'aurait choisi pour décrire sa mère à elle, Mamie Dan, comme je l'appelais.

Mamie Dan était fabuleuse. Mamie Dan semblait faite d'air pur, de poussière de fée et d'ailes d'ange, toutes choses magiques, lumineuses et gracieuses. Les deux femmes étaient comme le jour et la nuit, et des deux, c'était toujours ma grand-mère qui m'attirait comme un aimant. Sa chaleur et sa gentillesse, sensibles à travers mille petits gestes, me touchaient jusqu'au plus profond de mon âme. C'était Mamie Dan que j'aimais par-dessus tout, et c'est elle qui me manquait si désespérément, en cette après-midi neigeuse, dans le parc. Je me demandais ce que je ferais sans elle. Elle était morte dix jours plus tôt, à l'âge de quatre-vingt-dix ans.

Quand ma mère était décédée à cinquante-quatre ans, j'avais été triste ; je savais qu'elle me manquerait. La stabilité, la fiabilité, le point d'ancrage qu'elle représentait pour moi me manqueraient. Pourtant, quand mon père avait épousé la meilleure amie de ma mère, l'année suivant sa mort, cela ne m'avait pas particulièrement choquée. Il avait soixante-cinq ans, des problèmes cardiaques, et il avait besoin de quelqu'un pour lui faire à manger le soir. Connie était sa plus vieille amie et une remplaçante logique de ma mère. Cela ne me dérangeait pas. Je comprenais.

Je ne me suis jamais languie de ma mère. Mais Mamie Dan... Le monde avait perdu de sa magie, pour moi, maintenant que je savais qu'elle l'avait quitté. Je ne l'entendrais plus jamais chanter dans son russe mélodieux... Disparue, la balalaïka, et avec elle tout un pan de mon existence. Mes enfants ne comprendraient jamais ce qu'ils avaient perdu. Pour eux, Mamie Dan n'était qu'une très vieille dame aux yeux doux et à l'accent amusant... Mais moi, je savais exactement ce que j'avais perdu, ce que je ne retrouverais jamais : un être humain extraordinaire, une âme hors du commun. Une fois qu'on avait rencontré Mamie Dan, on ne pouvait l'oublier.

Le paquet resta un long moment sur la table de la cuisine, tandis que les enfants réclamaient à grands cris leur dîner et regardaient la télévision en attendant que j'aie fini de le préparer. Cette après-midi-là, j'étais allée au supermarché et j'avais acheté de quoi confectionner des biscuits de Noël. Nous avions prévu de les faire ensemble dans la soirée, afin qu'ils puissent les emmener le lendemain à l'école pour leurs professeurs. Katie préférait préparer des génoises, mais Jeff et Matthew voulaient des biscuits en forme de cloches, saupoudrés de sucre rouge et vert. Le moment était bien choisi pour cuisiner, car Jack, mon mari, était en déplacement à Chicago pour trois jours. La semaine précédente, il m'avait accompagnée à l'enterrement et s'était montré chaleureux et compatissant. Il savait ce que ma grand-mère représentait pour moi, même si, comme les gens ont souvent tendance à le faire, il avait souligné qu'elle avait eu une vie longue et bien remplie, et qu'il était naturel qu'elle s'en allât, à présent. Oui, c'était naturel, raisonnable pour lui, mais pas pour moi. Je me sentais flouée de l'avoir perdue, même à quatre-vingt-dix ans.

A cet âge avancé, elle était encore belle. Elle portait toujours ses longs cheveux blancs et raides nattés dans son dos, excepté dans les grandes occasions, où elle les remontait en chignon serré sur sa nuque. Jamais je ne l'avais vue coiffée autrement. A mes yeux, elle avait toujours eu la même apparence, le même dos très droit, la même silhouette mince, les mêmes yeux bleus qui dansaient lorsqu'ils se posaient sur vous. Elle faisait souvent des biscuits comme ceux que je m'apprêtais à confectionner ce soir-là ; c'était elle qui m'avait appris la recette. Mais elle, elle cuisinait grimpée sur ses rollers, glissant avec grâce du four au plan de travail. Elle me faisait rire, et pleurer parfois, avec ses histoires de princes et de ballerines.

C'était elle qui m'avait emmenée voir mon premier ballet. Si, enfant, j'en avais eu la possibilité, j'aurais adoré danser avec elle. Mais il n'y avait pas d'école de danse classique, là où nous habitions dans le Vermont, et ma mère ne voulait pas qu'elle soit mon professeur. Elle avait essayé de m'enseigner quelques pas dans sa cuisine à une ou deux reprises, mais ma mère estimait que mes devoirs scolaires et les tâches ménagères devaient passer avant tout. S'il me restait du temps, je pouvais toujours aider mon père à s'occuper des deux vaches qu'il gardait dans l'étable. Contrairement à sa propre mère, elle était totalement dénuée de fantaisie. La danse n'avait donc pas fait partie de ma vie d'enfant, pas plus que la musique. La magie et le mystère, la grâce et l'art, la curiosité face à un monde plus vaste que celui que je connaissais, c'était Mamie Dan qui me les avait fait découvrir, alors que je l'écoutais pendant des heures, assise dans sa cuisine.

Elle portait toujours du noir et semblait posséder un stock inépuisable de robes noires râpées et de chapeaux amusants. Elle était nette, précise et dotée d'une grande élégance naturelle. Mais sa garde-robe n'avait rien d'excitant.

Son mari, mon grand-père, était mort quand j'étais enfant, d'une grippe qui s'était transformée en pneumonie. Une fois, à l'âge de douze ans, j'avais demandé à Mamie Dan si elle l'avait aimé..., c'est-à-dire si elle l'avait aimé *vrai-*

ment... Elle avait paru surprise de cette question, puis lentement elle m'avait souri et avait hésité un instant avant de répondre, avec son doux accent russe :

— Bien sûr que je l'aimais. Il était très gentil avec moi. C'était un homme bien.

Ce n'était pas réellement ce que je souhaitais savoir. J'aurais voulu qu'elle me dise si elle avait été follement amoureuse de lui, comme les princesses des histoires qu'elle me racontait.

Je n'avais jamais trouvé mon grand-père très beau. Sur les photos que j'avais vues, il ressemblait beaucoup à ma mère, sérieux et un peu austère. A cette époque-là, les gens ne souriaient pas sur les photographies. J'avais du mal à imaginer Mamie Dan avec lui. Il avait vingt-cinq ans de plus qu'elle ; elle l'avait rencontré en 1917, quand elle était arrivée aux Etats-Unis après avoir quitté la Russie. Elle travaillait dans la banque qu'il possédait, et lui avait perdu sa femme des années plus tôt. Il n'avait pas d'enfants et ne s'était jamais remarié. Mamie Dan disait toujours que c'était un homme très solitaire quand elle l'avait connu, et qu'il avait été très gentil avec elle, mais elle ne donnait jamais d'explications. Elle devait être superbe, à l'époque, et il avait dû succomber à son charme malgré lui. Seize mois après leur rencontre, ils s'étaient mariés ; ma mère était née un an plus tard, et ils n'avaient jamais eu d'autres enfants. Mon grand-père gâtait énormément sa fille unique, peut-être parce qu'elle lui ressemblait tant. Je savais tout cela depuis toujours. Ce que je ne savais pas, ou du moins pas clairement, c'était ce qui s'était passé avant. Qui Mamie Dan avait été dans sa jeunesse, d'où exactement elle était venue et pourquoi. Enfant, je ne m'étais pas intéressée aux détails de son histoire.

Je savais qu'elle avait fait partie du ballet de Saint-Pétersbourg, et qu'elle avait rencontré le tsar, mais ma mère n'aimait pas qu'elle m'en parle. Elle disait que cela me remplirait la tête d'idées folles à propos d'étrangers et d'endroits que je ne verrais jamais, et ma grand-mère respectait les souhaits de sa fille. Nous parlions des gens que nous connaissions dans le Vermont, des endroits où j'étais allée, de ce que je faisais à l'école. Cependant, lorsque nous allions faire du patin à glace sur le lac, elle semblait toujours rêveuse pendant quelques instants ; je savais qu'elle pensait à la Russie et aux gens qu'elle avait connus là-bas. Peu importait ce qu'elle disait ou ne disait pas, ils faisaient encore partie d'elle — une partie que j'aimais et rêvais de connaître, une partie qui, je le sentais, était encore très importante pour elle, plus de cinquante ans après son départ de Russie. Je savais que son père et ses quatre frères étaient morts pendant la guerre et la révolution en luttant au côté du tsar. Elle était venue en Amérique et avait commencé une nouvelle vie dans le Vermont ; mais ceux qu'elle avait connus et aimés avaient continué à faire intimement partie de son être, ils avaient constitué la trame, invisible mais indispensable, de son existence, impossible à renier, même si elle n'en parlait pas.

J'ai trouvé ses chaussons de danse dans le grenier, un jour où je cherchais une vieille robe pour une pièce de théâtre, à l'école. Ils étaient là, à l'intérieur d'une malle ouverte. Les pointes usées jusqu'à la corde me parurent magiques lorsque j'en effleurai le satin, et plus tard, je lui posai des questions à leur sujet.

— Oh ! dit-elle.

D'abord visiblement surprise, elle ne tarda pas à éclater de rire, et tout son visage rajeunit instantanément.

— Je les portais la dernière fois que j'ai dansé au Mariinsky avec le ballet de Saint-Pétersbourg... La tsarine était présente. Et la grande-duchesse.

Pour une fois, elle oublia de feindre la culpabilité en évoquant ces souvenirs.

— Nous avons dansé *Le Lac des cygnes*, poursuivit-elle, son esprit à des milliers de kilomètres de là. Ce fut une représentation magnifique... A l'époque, j'ignorais que ce serait pour moi la dernière. Je ne sais pas pourquoi j'ai gardé les chaussons... Tout cela est si loin, maintenant, ma chérie.

Elle se tut, comme si elle refermait une porte sur ses souvenirs, puis elle me tendit une tasse de chocolat chaud avec plein de crème Chantilly et des copeaux de chocolat et de cannelle.

Je voulais lui poser davantage de questions sur la danse, mais elle disparut un moment et revint avec son ouvrage. J'entrepris de faire mes devoirs. Ce soir-là, je n'eus pas l'occasion de lui en reparler, et le sujet ne revint plus sur le tapis ; si bien qu'en fin de compte j'oubliai les chaussons. Je savais qu'elle avait fait partie du ballet de Saint-Pétersbourg, nous le savions tous, mais j'avais du mal à l'imaginer en danseuse étoile. Elle était ma grand-mère, Mamie Dan, la seule grand-mère de la ville qui possédât ses propres rollers. Elle les portait fièrement avec l'une de ses austères petites robes noires, et quand elle allait dans le centre-ville, en particulier à la banque, elle mettait invariablement un chapeau, des gants et ses boucles d'oreilles préférées. Même quand elle venait me chercher à l'école dans sa vieille voiture, elle paraissait très digne, et toujours heureuse de me voir. Il était facile de la voir telle qu'elle était alors et beaucoup plus dur de l'imaginer telle qu'elle avait pu être. D'ailleurs, je comprends aujourd'hui qu'elle ne souhaitait pas que nous nous souvenions. Elle était telle qu'elle était devenue, la veuve de mon grand-père, la mère de ma mère, ma grand-mère aux délicieux biscuits russes. Tout le reste n'était qu'un rêve insaisissable.

Mamie Dan avait-elle parfois du mal à s'endormir, le soir ? Passait-elle de longues heures dans son lit, à se remémorer ce qu'elle avait éprouvé en dansant *Le Lac des cygnes* devant la tsarine et ses filles ? Avait-elle chassé tous ces souvenirs des années plus tôt, heureuse et reconnaissante de la vie qu'elle menait avec nous dans le Vermont ? Ses deux existences avaient été extraordinairement différentes, à tel point que cela nous permettait d'oublier son passé, de croire qu'elle était quelqu'un d'autre désormais, et non plus celle qu'elle avait été en Russie. Et elle nous laissait croire cela. En échange, nous lui permettions d'oublier, ou plutôt nous la forcions à oublier, et nous faisions d'elle la personne que nous voulions qu'elle soit. A mes yeux, elle n'avait jamais été jeune. Aux yeux de ma mère, elle n'avait jamais été une belle et séduisante danseuse étoile. Et aux yeux de son mari, elle n'avait jamais été qu'à lui. Il n'aimait d'ailleurs pas entendre parler de son père et de ses frères. Ils appartenaient à un monde dont il ne voulait plus qu'elle fasse partie. Peut-être ne voulait-il pas qu'elle se souvienne.

Aussi fut-elle sienne, jusqu'à ce qu'il meure et nous la laisse. Ou plutôt *me* la laisse, car elle était plus proche de moi qu'elle ne l'avait jamais été de sa fille. Ma grand-mère adorée, qui représentait tant pour moi... dont la fantaisie a fait de moi ce que je suis, dont l'imagination m'a donné le courage de quitter le Vermont. Après mes études, je suis partie à New York, où j'ai trouvé du travail dans la publicité ; puis je me suis mariée, et j'ai eu trois enfants. Mon mari est un homme bien, j'aime la vie que je mène. J'ai arrêté de travailler il y a sept ans, même si j'ai l'intention de recommencer un jour, quand les enfants seront un peu plus grands, qu'ils n'auront plus autant besoin de moi et que je n'aurai plus l'impression de devoir rester à la maison pour leur préparer des petits gâteaux.

Plus tard, quand je serai vieille, je voudrais être comme Mamie Dan. Porter des rollers dans ma cuisine et faire du patin à glace. Faire sourire mes enfants et mes petits-enfants, et me rappeler pour eux les choses que j'ai faites. Je voudrais qu'ils se souviennent de mes cloches de Noël, et des moments passés à décorer l'arbre avec moi, et de mon chocolat chaud, que je prépare exactement comme elle, pendant qu'ils font leurs devoirs. Je veux que ma vie signifie quelque chose pour eux, je veux que les instants partagés demeurent. Je veux qu'ils sachent aussi qui j'ai été et pourquoi je suis venue ici.

Il n'y a pas de mystères dans ma vie, pas de secrets, pas de victoires comme celles de Mamie Dan. Je n'ai pas dansé *Le Lac des cygnes* aux dernières heures de la Russie impériale. Je n'arrive même pas à imaginer ce que sa vie a pu être, ni tout ce qu'elle a dû sacrifier pour venir aux Etats-Unis. Je ne pourrais pas concevoir de ne plus jamais parler de mon passé, de perdre tous ceux que j'ai aimés. De quitter la Russie pour un endroit comme le Vermont. Et j'aimerais savoir pourquoi elle ne m'en a pas raconté davantage. Peut-être se taisait-elle uniquement parce que nous ne voulions pas qu'elle soit Danina Petroskova, la ballerine, mais seulement Mamie Dan, notre mère, épouse et grand-mère. C'était plus facile pour nous ainsi, nous n'avions pas à faire d'efforts. Nous n'avions pas à craindre de ne pas être à la hauteur de sa vie d'avant, à sa hauteur à elle. Nous n'avions pas à connaître et à ressentir sa douleur, son chagrin, ni à pleurer celle qu'elle avait été. Mais maintenant, alors que je pense à elle, je regrette de ne pas en avoir appris davantage. Je regrette de ne pas l'avoir connue du temps de sa jeunesse russe, de n'avoir pas été à son côté.

J'ai laissé le paquet reçu dans un coin pour préparer les biscuits de Noël avec Jeff et Matt, puis des génoises avec Katie. Lorsque nous eûmes terminé, il y avait du glaçage et du sucre rouge et vert partout.

Jack m'appela de Chicago assez tard : les enfants étaient déjà couchés. Il avait eu une journée fatigante, mais ses réunions s'étaient bien passées. J'avais complètement oublié le paquet, et n'y repensai qu'à minuit passé, lorsque je descendis chercher un verre d'eau à la cuisine. Il était là, posé sur le côté du plan de travail, tout éclaboussé de pâte à gâteau.

Je l'ai pris entre mes mains et je me suis assise à la table de la cuisine. Il m'a fallu quelques minutes pour défaire la ficelle et ouvrir le colis. Il m'était envoyé par la maison de retraite où Mamie Dan avait passé sa dernière année. Pourtant, j'avais déjà récupéré toutes ses affaires quand j'étais passée là-bas pour remercier le personnel, après l'enterrement. La plupart de ses vêtements étaient très usés, et peu de choses valaient la peine d'être gardées : quelques photos des enfants, une petite pile de livres. J'avais mis de côté un ouvrage de poésie russe qu'elle aimait beaucoup et avais laissé les autres volumes aux infirmières. De ses affaires, je n'avais conservé que son alliance, une montre en or que mon grand-père lui avait offerte avant leur mariage et une paire de boucles d'oreilles. Elle m'avait dit un jour que la montre avait été le premier cadeau que mon grand-père lui avait fait. Il ne s'était jamais montré particulièrement généreux envers elle en termes de présents, même si elle n'avait manqué de rien. J'avais également rapporté chez moi — et rangé dans mon placard — une vieille veste d'intérieur en dentelle. Tout le reste avait été donné à des œuvres caritatives. Aussi ne voyais-je pas vraiment ce que pouvait contenir le colis.

Une fois ôté, le papier kraft révéla une grande boîte carrée, à peu près de la taille d'une boîte à chapeau et assez lourde. Un petit mot expliquait que le personnel de nettoyage avait trouvé la boîte au-dessus du placard de ma grand-mère. Me demandant ce que j'allais trouver dedans, je soulevai le couvercle et me mordis la lèvre en découvrant le contenu de la boîte. Ils étaient exactement comme dans mon souvenir, avec leurs pointes usées jusqu'à la corde, leurs rubans pâlis par le temps. Les chaussons de danse de Mamie Dan, tels que je les avais vus autrefois dans le grenier. La dernière paire qu'elle avait portée avant de quitter la Russie.

Il y avait d'autres choses dans la boîte : un pendentif en or contenant la photographie d'un homme. Il portait une moustache et une barbe nettement dessinées, et il était très beau, à l'ancienne, très sérieux. Ses yeux rappelaient ceux de Mamie Dan, ils semblaient briller d'un rire intérieur, même si lui-même ne souriait pas. Je trouvai également des photographies d'autres hommes, en uniforme, et je devinai qu'il s'agissait de son père et de ses frères. Un des jeunes gens ressemblait à Mamie Dan de façon frappante. Et il y avait également un petit portrait de sa mère — un cliché que je me rappelais avoir déjà vu — ainsi que le programme de son dernier *Lac des cygnes* et une photographie d'un groupe de ballerines, au milieu desquelles se trouvait une jeune fille d'une beauté à couper le souffle, dont les yeux et le visage étaient aisément reconnaissables : Danina. Elle paraissait incroyablement heureuse ; elle riait sur le cliché, et toutes ses compagnes la regardaient en souriant avec une admiration visible.

Au fond de la boîte, je découvris un épais paquet de lettres. Je vis aussitôt qu'elles étaient en russe, et écrites d'une main ferme et élégante qui trahissait à la fois virilité et intelligence. Elles étaient réunies par un ruban bleu fané, et il y en avait beaucoup. Aussitôt, je compris que la clé du mystère se trouvait là, entre mes mains.

Du bout des doigts, je caressai le satin des chaussons de danse en songeant à elle. Comme elle avait été forte, courageuse, pour laisser tant de choses derrière elle ! Je ne pouvais m'empêcher de me demander si certaines des personnes photographiées étaient encore en vie, et l'importance qu'elle avait eue pour elles. Avaient-elles conservé des clichés d'elle, elles aussi ? Je m'interrogeais également sur l'homme qui lui avait écrit les lettres. Qu'avait-il représenté pour elle ? Que lui était-il arrivé ? Mais rien qu'en observant avec quelle application elle avait noué le ruban, gardé les lettres pendant près d'un siècle et voulu les emporter avec elle dans sa maison de retraite, je savais, même si j'étais incapable de les lire. Il avait dû être très important dans sa vie et l'aimer passionnément, pour lui avoir écrit autant.

Elle avait eu une autre vie avant de venir à nous, bien avant ma naissance. Une vie infiniment différente de celle que nous lui avions connue, dans le Vermont, une vie pleine de joie, de magie et de charme. Je me souvenais de la mine austère qu'arborait toujours mon grand-père sur les photographies et j'espérais que cet autre homme avait su la rendre heureuse, qu'il l'avait aimée. Elle avait emporté ses secrets avec elle dans la tombe, mais elle me les avait aussi confiés... avec ses chaussons de danse... le programme du *Lac des cygnes*... et les lettres.

Je regardai de nouveau l'homme en photo dans le pendentif et je sus instinctivement qu'il était l'auteur de ces lettres. Et une fois encore, des dizaines de questions se bousculèrent dans ma tête. Il n'y aurait personne pour y répondre... Je songeai aussitôt à faire traduire les lettres, pour savoir ce qu'elles disaient. Mais violer les secrets qu'elles contenaient, ne serait-ce pas faire preuve d'une indiscrétion déloyale ? Elle ne me les avait pas données ; elle les avait seulement laissées derrière elle. Cependant, sachant combien nous avions été proches, j'espérais que cela ne la dérangerait pas. Nous avions été deux âmes sœurs, et elle m'avait laissé des centaines de souvenirs. Peut-être accepterait-elle, en plus des légendes et des contes de fées, de partager avec moi cette partie de son histoire. Du moins l'espérais-je.

Mon bonheur d'être entrée en possession de ces lettres et photographies me consumait tout entière. Bientôt je n'ignorerais plus ces vérités qu'elle avait tues toute sa vie.

Pour moi, elle avait toujours été vieille, toujours été mienne, toujours été Mamie Dan. Mais à une autre époque, dans d'autres lieux, il y avait eu la danse, les fêtes, les rires, l'amour. Elle ne m'en avait laissé qu'un murmure, pour me rappeler qu'elle avait un jour été jeune. Alors que je le comprenais enfin, je restai là à contempler le visage souriant de la ballerine de la photographie, et une larme roula sur ma joue. Je portai doucement ses chaussons roses fanés à mon visage, et comme le satin effleurait ma peau, je regardai la pile de lettres, espérant qu'enfin j'allais connaître son histoire. Je sentais dans tout mon être qu'il y avait beaucoup à découvrir...

1

Danina Petroskova naquit en 1895 à Moscou. Son père était officier dans le régiment Litovsky, et elle avait quatre frères. Ils étaient grands, séduisants, portaient de beaux uniformes, et lorsqu'ils venaient en visite à la maison, ils lui apportaient des bonbons. Le plus jeune d'entre eux était de douze ans son aîné. Quand ils étaient là, ils chantaient et jouaient avec elle, et ils faisaient beaucoup de bruit. Elle aimait être au milieu d'eux, passer d'une paire d'épaules puissantes à une autre et s'imaginer jockey ou écuyère. Il était évident, pour Danina comme pour tout le monde, que ses frères l'adoraient.

De sa mère, Danina se rappelait peu de choses : qu'elle avait un visage ravissant et des manières très douces, qu'elle portait un parfum qui sentait le lilas et qu'elle lui chantait des berceuses le soir pour l'aider à s'endormir, après lui avoir raconté de longues histoires merveilleuses sur sa propre enfance. Elle riait beaucoup, et Danina l'aimait profondément. Elle était morte de la typhoïde quand Danina avait cinq ans ; et après cela, tout avait changé.

Son père se demandait ce qu'il allait bien pouvoir faire d'elle. Il n'était pas préparé à s'occuper d'un enfant, surtout si jeune — une fille, de surcroît ! Ses fils et lui étaient dans l'armée, aussi engagea-t-il une gouvernante pour prendre soin de Danina, puis une autre, et toute une série d'autres ; au bout de deux ans, cependant, il comprit qu'il ne pourrait continuer ainsi, qu'il devait s'arranger autrement. Et il trouva la solution idéale, du moins à son avis. Il se rendit à Saint-Pétersbourg pour effectuer les démarches nécessaires et fut très favorablement impressionné par son entretien avec Mme Markova. C'était une femme remarquable, et l'école de danse qu'elle dirigeait offrirait à Danina non seulement un toit, mais un métier et un avenir sûr. Si Danina développait un réel talent, elle pourrait rester toute sa vie avec la troupe, ou du moins aussi longtemps qu'elle pourrait danser. Certes, devenir ballerine était difficile et exigeait de nombreux sacrifices, mais son épouse avait adoré la danse classique, et il sentait au plus profond de son âme qu'elle aurait approuvé sa décision. Bien sûr, les études de danse de Danina seraient coûteuses, mais il avait l'impression que le jeu en valait la chandelle, en particulier si, à terme, Danina devenait une grande danseuse, ce qu'il estimait probable car c'était une fillette particulièrement gracieuse.

L'année de ses sept ans, le père de Danina et

deux de ses frères la conduisirent en avril à Saint-Pétersbourg. Il y avait encore de la neige sur le sol, et lorsqu'elle arriva devant sa nouvelle demeure, Danina tremblait de la tête aux pieds. Elle était terrifiée et ne voulait pas être abandonnée là. Hélas, elle n'y pouvait rien. Avant leur départ de Moscou, elle avait déjà supplié son père de ne pas l'envoyer vivre à l'école de danse. Il lui avait répondu que c'était un beau cadeau qu'il lui faisait, que cela allait changer sa vie et qu'un jour elle serait une grande ballerine, heureuse d'être allée à l'école de danse.

Mais en ce jour funeste, elle n'arrivait pas à s'imaginer tout cela. Elle ne pouvait penser à la nouvelle vie qui l'attendait — seulement à celle, tant chérie, qu'elle laissait derrière elle. Debout, immobile, sa petite valise à la main, elle regarda la porte s'ouvrir sur une vieille femme, qui les conduisit le long d'un corridor sombre. Au loin, Danina entendait de la musique, des voix et quelque chose de dur et de terrifiant qui frappait en rythme sur le sol. Tous les sons qui lui parvenaient lui paraissaient étranges et de mauvais augure, et elle trouvait les couloirs sinistres et froids. Enfin, pourtant, ils parvinrent devant le bureau où les attendait Mme Markova. C'était une femme aux cheveux sombres, qu'elle portait tirés en arrière en un chignon sévère, et au visage mortellement pâle dénué de rides. Ses yeux bleu électrique semblaient lire jusqu'au plus profond de l'âme. En la voyant,

Danina eut envie de pleurer mais elle n'osa pas. Elle avait trop peur.

— Bonjour, Danina, dit Mme Markova avec sévérité. Nous t'attendions. Tu devras travailler dur si tu souhaites vivre avec nous. Tu me comprends ?

La gorge serrée, Danina, qui avait l'impression d'être devant le gardien des Enfers, acquiesça avant de lever vers son interlocutrice des yeux pleins de terreur.

— Laisse-moi te regarder, reprit Mme Markova.

Elle contourna son bureau, révélant sa longue jupe noire, qu'elle portait sur un justaucorps avec une veste courte, noire elle aussi. Elle examina les jambes de Danina, soulevant sa jupe pour mieux les voir, et parut satisfaite. Elle jeta un coup d'œil à son père et hocha la tête.

— Nous vous tiendrons au courant de ses progrès, colonel. Tout le monde n'est pas fait pour la danse, comme je vous l'ai dit.

— C'est une bonne petite fille, répondit-il avec tendresse tandis que les deux frères de Danina souriaient fièrement.

— Vous pouvez nous laisser, à présent, déclara Mme Markova, qui sentait que Danina était au bord de la panique.

Les trois hommes embrassèrent la fillette ; de grosses larmes coulaient sur ses joues. Quelques instants plus tard, ils la laissaient seule avec la femme qui, désormais, allait contrôler sa vie. Après leur départ, il y eut un long silence ; ni le professeur ni l'enfant ne parlait, et l'on n'entendait que les sanglots étouffés de Danina.

— Tu ne vas pas me croire, mon enfant, mais je t'assure que tu seras heureuse ici. Un jour, cette vie sera la seule que tu connaîtras ou souhaiteras connaître.

Danina la regarda avec un mélange d'incrédulité et de douleur. Mme Markova se leva, contourna de nouveau son bureau et tendit à Danina une main longue et gracieuse.

— Viens, nous allons voir les autres.

Ce n'était pas la première fois qu'elle acceptait des enfants aussi jeunes. En fait, elle préférait cela. S'ils étaient doués, c'était le meilleur moyen de les former correctement, de faire de la danse toute leur vie, tout leur univers, la seule chose qui leur importât. De plus, il y avait chez cette petite fille quelque chose qui l'intriguait, un éclat lumineux et sage dans son regard, une sorte de magie, d'originalité ; et alors qu'elles empruntaient le long couloir main dans la main, Mme Markova souriait, heureuse et confiante en l'avenir.

Elles s'arrêtèrent quelques instants dans chaque classe, en commençant par les plus avancées, celles des danseurs qui participaient déjà à des spectacles. Mme Markova voulait que Danina voie le but vers lequel elle devait tendre, qu'elle admire ces jeunes gens, leur discipline et la perfection de leur style. Puis elle l'emmena observer des danseurs plus jeunes, qui étaient déjà d'un niveau suffisamment bon pour inspirer la fillette. Et, enfin, elles pénétrèrent dans la classe des élèves avec lesquels Danina allait étudier, s'entraîner et danser. Danina les regarda un moment, incapable de s'imaginer les imitant ; elle sursauta de terreur lorsque Mme Markova martela le sol à plusieurs reprises avec la canne qu'elle transportait partout à cet effet.

Le professeur fit signe à ses élèves de s'arrêter, et Mme Markova leur présenta Danina, expliquant qu'elle était venue de Moscou pour vivre à l'école avec eux. Elle serait la plus jeune de tous, et c'était d'autant plus sensible que les autres arboraient une attitude stricte, disciplinée qui les faisait paraître plus âgés qu'ils ne l'étaient en réalité. Le plus proche d'elle en âge était un garçon de neuf ans originaire d'Ukraine ; plusieurs fillettes avaient presque dix ans, et une onze. Elles dansaient déjà depuis deux ans, et Danina allait devoir travailler dur pour rattraper son retard.

Lorsqu'elles lui sourirent et se présentèrent chaleureusement, Danina esquissa en retour un sourire timide. Elle eut soudain l'impression d'avoir plein de sœurs et non plus seulement des frères. Et quand elles l'emmenèrent, après le déjeuner, voir sa place dans le dortoir, et qu'elles lui montrèrent son lit — petit, dur et étroit —, elle eut vraiment l'impression d'être intégrée.

Ce soir-là, elle se coucha en songeant à son père et à ses frères. Elle ne put s'empêcher de pleurer, car ils lui manquaient, mais sa voisine de lit l'entendit sangloter et vint la réconforter, et bientôt plusieurs autres la rejoignirent et s'assirent sur son lit. Elles lui racontèrent des histoires, lui parlèrent des ballets, des merveilleux moments qu'elles avaient passés ensemble, et des fois où elles avaient dansé dans *Coppélia* ou *Le Lac des cygnes* en présence du tsar ou de la tsarine. A les entendre, tout cela paraissait si excitant que Danina, qui les écoutait avec attention, en oublia son chagrin pour enfin s'endormir, alors qu'elles lui parlaient encore et lui promettaient qu'elle serait heureuse parmi elles.

Le lendemain matin, elle fut réveillée à cinq heures en même temps que les autres et se vit remettre son premier justaucorps et ses premiers chaussons de danse. Tous les matins, le petit déjeuner était servi à cinq heures trente, et dès six heures tout le monde était dans les salles en train de s'échauffer. Lorsque l'heure du déjeuner arriva, Danina faisait partie intégrante de sa classe. Mme Markova était venue à plusieurs reprises voir si tout allait bien, et par la suite elle passa chaque jour pour suivre son évolution. Elle voulait surveiller de près sa formation et s'assurer qu'elle apprenait correctement les bases, avant de commencer à danser vraiment. Elle vit tout de suite que la timide petite nouvelle était une fillette d'une grâce exceptionnelle, dont le corps était fait pour la danse. De toute évidence, Danina Petroskova était née pour devenir danseuse.

Ainsi que Mme Markova le lui avait annoncé, la vie à l'école de danse était rigoureuse et difficile, et chaque jour Danina devait travailler extrêmement dur et multiplier les sacrifices. Mais, durant ses trois premières années à l'école de danse, elle ne flancha jamais, et sa détermination ne faiblit pas.

A dix ans, elle ne vivait plus que pour la danse et recherchait constamment la perfection. Ses journées duraient quatorze heures, passées presque exclusivement en classe. Mais elle était infatigable, toujours prête à se surpasser, à apprendre de nouvelles choses. Mme Markova était très contente d'elle, comme elle le disait au père de la fillette lorsqu'elle le voyait. Il venait rendre visite à Danina plusieurs fois par an et était pleinement satisfait de sa façon de danser, tout comme l'étaient ses professeurs.

Il assista au premier spectacle important auquel elle participa, à l'âge de quatorze ans : elle tenait le rôle de la jeune fille qui danse la mazurka avec Franz dans *Coppélia*. Elle était désormais membre à part entière du corps de ballet, et plus seulement élève, ce qui faisait grand plaisir à son père. Ce fut une très belle représentation. La rigueur de Danina, l'élégance de son style et son talent pur et simple firent l'admiration de tous. Les larmes aux yeux, son père la serra dans ses bras avec fierté lorsqu'il vint la retrouver dans les coulisses à l'issue du spectacle. C'était la soirée la plus merveilleuse de la courte vie de Danina, et elle n'avait qu'une envie : remercier son père de l'avoir inscrite à l'école de danse sept ans plus tôt. Maintenant qu'elle y avait passé la moitié de son existence, elle ne connaissait et ne voulait rien d'autre.

Un an plus tard, elle tint le rôle de la fée Lilas dans *La Belle au bois dormant* et, à seize ans, fit grande impression dans *La Bayadère*. A dix-sept, elle devint danseuse étoile, et interpréta *Le Lac des cygnes* avec tant de talent qu'aucun de ceux qui la virent ne put oublier sa prestation. Mme Markova savait qu'à certains égards Danina manquait de maturité — elle connaissait si peu de chose du monde extérieur, de la vie ! —, mais son style et sa technique étaient si extraordinaires qu'ils laissaient le public pantois, et la distinguaient de toutes les autres.

La tsarine et ses filles l'avaient vue danser à plusieurs reprises, et, à l'âge de dix-neuf ans, Danina participa à une représentation privée pour le tsar au palais d'hiver. On était en avril 1914. En mai, elle fut invitée à danser pour les souverains dans leur villa du domaine Peterhof, et dîna avec eux dans leurs appartements privés, en compagnie de Mme Markova et de plusieurs autres étoiles du ballet. Ce fut, pour elle, une soirée mémorable. Voir son travail reconnu par le tsar et la tsarine était la consécration suprême, la seule qu'elle eût vraiment désirée, et, à la suite de cette soirée, elle plaça une petite photographie d'eux sur sa table de nuit. Elle avait été tout particulièrement heureuse de rencontrer la grande-duchesse Olga, de quelques mois seulement sa cadette. Et elle avait été enchantée par le tsarévitch, qui n'avait que neuf ans à l'époque mais qui l'avait trouvée « très jolie » — comme tous ceux qui l'avaient rencontrée, d'ailleurs.

Avec le temps, Danina avait acquis une grâce exceptionnelle, une douceur et un maintien parfaits, mais aussi un esprit malicieux et un solide sens de l'humour. Il n'était pas étonnant qu'elle plût au tsarévitch. Il était de santé délicate depuis sa plus tendre enfance ; mais en dépit de sa fragilité, elle le taquinait et le traitait normalement, et il adorait cela. C'était un enfant grave et sage, et quand il lui parlait de ce qu'elle faisait, il y avait de l'admiration et de l'envie dans sa voix. Elle lui paraissait si forte, si pleine de santé !

Danina promit à Alexis de l'autoriser à venir la voir s'entraîner un jour, si Mme Markova était d'accord — mais elle n'imaginait pas Mme Markova refuser la visite d'un hôte aussi illustre. Il faudrait seulement que la santé de l'enfant lui permette de venir et que ses médecins le lui accordent. En raison de son hémophilie, il était toujours entouré d'un ou deux praticiens. Danina le plaignait de tout son cœur ; il semblait bien malade, affreusement frêle, mais malgré cela, il y avait chez lui un côté très chaleureux, très tendre et très aimant. La tsarine fut infiniment touchée de la façon dont la jeune étoile traitait son fils.

En conséquence, cet été-là, Mme Markova reçut de la souveraine une invitation à venir passer, en compagnie de Danina, une semaine à Livadia, le palais d'été du tsar en Crimée. C'était un immense honneur mais, malgré cela, Danina hésita à accepter. Elle ne supportait pas l'idée de devoir abandonner ses cours et ses répétitions pendant sept jours entiers ; passionnément consciencieuse, elle menait une vie rigide, sévère, extrêmement exigeante et presque monastique. Elle se consacrait entièrement à la danse et avait depuis longtemps comblé les espoirs les plus fous de Mme Markova. Cette dernière mit près d'un mois à la convaincre d'accepter l'invitation impériale, et encore n'y parvint-elle qu'en lui expliquant que c'eût été faire un affront à la tsarine que de refuser.

Ce furent ses premières vacances. Pour la première fois depuis l'âge de sept ans, elle ne dansait pas, ne commençait pas ses journées à cinq heures, n'enchaînait pas échauffement, cours et répétitions, ne poussait pas son corps dans ses dernières limites pendant quatorze heures d'affilée. A Livadia, en juillet, pour la première fois de sa vie, elle osa se détendre et jouer — et bien malgré elle, elle adora cela !

Mme Markova ne l'avait jamais vue aussi gaie, aussi juvénile. Elle pataugeait dans la mer avec les filles du tsar, faisait des cabrioles, riait et les éclaboussait, et elle se montrait toujours d'une grande douceur avec Alexis. Il éveillait chez elle un sentiment presque maternel, et la tsarine, qui en avait conscience, en était profondément émue.

Tous les enfants furent abasourdis d'apprendre que Danina ne savait pas nager ; la vie extrêmement austère et dure qu'elle menait lui avait interdit de se consacrer à d'autres activités que la danse.

Elle était à Livadia depuis cinq jours lorsque

Alexis tomba de nouveau malade, après s'être cogné la jambe en quittant la table du dîner. Il dut passer les deux jours suivants au lit. Danina lui tenait compagnie et lui racontait des histoires dont elle se souvenait de l'époque où elle vivait encore chez elle avec son père et ses frères, ainsi que de multiples anecdotes sur le ballet, la rigoureuse discipline de l'école et les autres danseurs. Il l'écoutait pendant des heures et finissait par s'endormir sa main dans la sienne. Elle quittait alors lentement la chambre sur la pointe des pieds et allait rejoindre les autres. Elle était désolée pour lui, surtout lorsqu'elle songeait à tout ce que sa maladie l'empêchait de faire. Il était si différent de ses frères ou des garçons avec qui elle dansait, tous forts et éclatants de santé !

Lorsque Mme Markova et elle remontèrent à la mi-juillet dans le train impérial qui devait les ramener à Saint-Pétersbourg, Alexis était toujours faible mais il se sentait mieux. Pour Danina, ces vacances avaient été formidables, et un épisode de sa vie qu'elle était certaine de chérir dans son cœur jusqu'à son dernier souffle. Elle n'oublierait jamais les moments passés à jouer avec les enfants de la famille impériale comme avec des amis ordinaires, pas plus que la beauté du décor, ni les conseils d'Alexis, qui, assis sur une chaise au bord de l'eau, avait essayé de lui apprendre à nager.

— Non, pas comme ça, t'es bête ! Comme ça...

Il lui montrait les mouvements de bras et elle

essayait de les reproduire, et tous deux riaient comme des fous lorsqu'elle échouait et faisait semblant de se noyer.

Il lui écrivit une fois à l'école de danse, une brève missive pour lui dire qu'elle lui manquait. Il était évident qu'il était sous le charme : sa mère le confia à l'une de ses amies avec un amusement attendri. A neuf ans, Alexis vivait sa première histoire d'amour avec une danseuse, qui était d'une beauté à couper le souffle.

Deux semaines après le séjour idyllique de Danina à Livadia, le monde entier bascula. Les tristes événements de Sarajevo avaient précipité un processus en marche depuis un certain temps déjà ; et le 1er août, l'Allemagne déclara la guerre à la Russie. Personne ne pensait que ce conflit durerait longtemps, et au moment de la bataille de Tannenberg, à la fin du mois d'août, beaucoup eurent l'optimisme de le croire terminé. Mais la situation ne fit qu'empirer.

Cette année-là, en dépit de la guerre, Danina dansa de nouveau dans *Giselle, Coppélia* et *La Bayadère*. Son talent était à son apogée, et Mme Markova se réjouissait de voir qu'elle avait su développer au maximum ses dons. Lorsqu'elle participait à un spectacle, le résultat était parfait, plus qu'admirable. Elle ajoutait, à une grâce infinie et une technique irréprochable, une application extrême qui frisait l'obsession. Les hommes, le monde extérieur ne l'intéressaient pas le moins du monde. Elle ne respirait, ne travaillait, ne vivait que pour la danse. Elle se vouait entièrement à son art, contrairement à certaines autres danseuses, que Mme Markova considérait avec dédain. Celles-là se laissaient trop souvent distraire et attirer par des hommes ou des histoires d'amour, en dépit de leur formation stricte. Mais pour Danina, le ballet était une force vitale essentielle, celle qui la poussait de l'avant, la nourrissait, lui permettait de vivre. L'essence même de son âme. Rien d'autre n'existait. Et, en conséquence, elle dansait sublimement.

Elle donna sa plus belle représentation la veille de Noël. Ses frères et son père étaient partis au front, mais le tsar et la tsarine étaient présents et furent éblouis par son talent. Elle alla retrouver brièvement les souverains dans leur loge après le spectacle et demanda aussitôt des nouvelles d'Alexis. Elle donna à la mère du tsarévitch l'une des roses qu'elle avait reçues afin qu'elle la lui remît. Mais lorsqu'elle retourna en coulisse, Mme Markova remarqua qu'elle avait l'air plus fatiguée qu'à l'accoutumée. La soirée avait été exaltante mais très longue, et, même si elle n'aurait jamais voulu l'admettre, Danina était épuisée.

Elle se leva à cinq heures le lendemain matin, comme toujours, et à cinq heures trente elle s'échauffait dans le studio. Il n'y avait pas de cours avant midi, en ce jour de Noël, mais elle ne supportait pas l'idée de gâcher toute une matinée. Elle craignait toujours de perdre un peu de sa technique si elle passait une demi-journée sans danser ou même se laissait distraire une minute. Fût-ce à Noël.

Mme Markova vint voir Danina dans le studio à sept heures et, après l'avoir regardée quelques instants, elle songea que sa façon de faire ses exercices était... bizarre. Il y avait dans ses mouvements une raideur qui ne lui était pas coutumière, ses arabesques dénotaient une maladresse inhabituelle. Et soudain, très lentement, comme au ralenti, Danina vacilla et se laissa tomber à terre. Ses mouvements étaient si gracieux que sa chute parut presque délibérée, comme si elle avait fait partie d'une chorégraphie originale. Ce n'est qu'en la voyant rester au sol pendant ce qui sembla une éternité que Mme Markova et deux autres élèves réalisèrent brutalement qu'elle avait perdu connaissance. Elles coururent aussitôt auprès d'elle, s'agenouillèrent à son côté et essayèrent de la ranimer. Les mains de Mme Markova tremblèrent lorsque, effleurant le visage et le dos de Danina, elle sentit qu'elle était brûlante. Danina ouvrit les yeux, mais elle ne semblait pas voir celles qui l'entouraient et la directrice comprit qu'elle souffrait d'une forte fièvre.

— Mon enfant, pourquoi es-tu venue danser aujourd'hui si tu es malade ?

Mme Markova était folle d'angoisse. Elles avaient toutes entendu parler de l'épidémie de grippe impossible à endiguer qui faisait des ravages à Moscou, mais jusqu'ici Saint-Pétersbourg avait été épargnée.

— Tu n'aurais pas dû, la gronda gentiment Mme Markova, craignant le pire.

Au début, Danina parut ne pas l'entendre.

— Il fallait... Je devais...

Rater un seul exercice, un seul cours, une seule heure de répétition lui était intolérable.

— Je dois me lever... Je dois..., dit-elle avant de commencer à délirer.

Un jeune homme qui dansait avec elle depuis près de dix ans la souleva sans difficulté et, suivant les consignes de Mme Markova, la porta à l'étage et la posa sur son lit. L'année précédente, Danina avait fini par quitter le grand dortoir, et elle dormait désormais dans une chambre à six lits seulement. C'était une pièce aussi spartiatement meublée, austère et glaciale que le dortoir où elle avait passé onze ans, mais elle y avait un peu plus d'intimité.

Les autres danseuses ne tardèrent pas à se presser dans l'encadrement de la porte. La nouvelle de son malaise s'était répandue dans toute l'école comme une traînée de poudre.

— Est-ce qu'elle va bien ? Que s'est-il passé ? Elle est si pâle, madame... Qu'allons-nous devenir ? Il faut appeler un médecin !

Danina elle-même était trop épuisée pour expliquer ce qu'elle ressentait, trop hébétée pour reconnaître quiconque. Elle ne voyait que la haute silhouette de Mme Markova, qui lui semblait lointaine et floue. La directrice, qu'elle aimait comme une mère, était debout au pied du lit, et son visage exprimait une profonde inquiétude. Mais Danina était trop fatiguée pour écouter ce qu'elle lui disait.

Craignant la contagion, Mme Markova ordonna à tout le monde de quitter la chambre et demanda à l'un des professeurs d'apporter du thé à Danina. Mais quand elle présenta la tasse aux lèvres de la jeune femme, celle-ci ne put pas boire. Elle était beaucoup trop malade, beaucoup trop faible. Même soutenue par Mme Markova, elle se sentait au bord de l'évanouissement et ne put rester assise. Jamais de sa vie elle n'avait été aussi malade. Lorsque le médecin arriva dans l'après-midi, elle était convaincue qu'elle allait mourir. Tous les muscles de son corps la faisaient souffrir, et elle avait l'impression que ses membres avaient été frappés à coups de hache. Chaque fois qu'elle effleurait les draps rugueux ou qu'elle esquissait un mouvement, sa peau la brûlait. Une seule pensée l'obsédait, tandis que, fiévreuse, elle délirait dans son lit : si elle ne retournait pas bientôt faire ses exercices, elle allait mourir.

Le médecin confirma les craintes de Mme Markova : Danina souffrait bel et bien de la grippe, et il admit avec honnêteté qu'il ne pouvait rien faire contre le mal. A Moscou, les gens mouraient par centaines. En entendant cela, Mme Markova ne put retenir ses larmes. Elle essaya de réconforter Danina, lui murmurant d'être forte, mais la jeune fille secouait doucement la tête, ce qui terrifiait son mentor plus encore.

— Est-ce que j'ai... comme maman... la typhoïde ? chuchota Danina après le départ du médecin.

Elle était trop faible pour parler distinctement

ou même pour tendre la main vers Mme Markova, agenouillée près d'elle.

— Bien sûr que non, mon enfant. Ce n'est rien, mentit la directrice. Tu as trop travaillé, dernièrement, c'est tout. Tu dois te reposer quelques jours, et ensuite tout ira bien.

Mais ces paroles rassurantes ne dupaient personne, et surtout pas la patiente elle-même ; bien qu'épuisée elle se rendait compte de la gravité de sa maladie et devinait que la situation était désespérée.

— Je suis en train de mourir, dit-elle calmement plus tard cette nuit-là, avec une telle conviction que le professeur qui la veillait courut chercher Mme Markova.

Les deux femmes étaient en larmes lorsqu'elles revinrent, mais Mme Markova se sécha les yeux avant de s'asseoir à côté de Danina. Elle porta un verre d'eau aux lèvres de la malade sans pour autant réussir à la convaincre de boire. Danina n'avait ni l'envie ni la force de se désaltérer. Elle était toujours dévorée par la fièvre.

— Je vais mourir, n'est-ce pas ? demanda-t-elle à sa vieille amie dans un murmure.

— Je ne te laisserai pas faire, rétorqua calmement Mme Markova. Tu n'as pas encore dansé *Raymonda*, et je comptais t'en donner l'occasion cette année. Ce serait une honte de mourir sans même avoir essayé.

Danina essaya de sourire, sans succès. Elle se sentait beaucoup trop mal pour répondre.

— Je ne peux pas rater les répétitions de

demain, confia-t-elle un long moment après à Mme Markova, qui n'avait pas quitté son chevet.

Danina avait l'impression que, si elle ne pouvait pas danser, elle n'avait plus qu'à se laisser mourir. La danse était sa force vitale.

Le médecin revint la voir le lendemain matin, lui posa plusieurs cataplasmes et lui donna à boire quelques gouttes d'un liquide amer — sans résultat. En fin d'après-midi, elle allait beaucoup plus mal. Cette nuit-là, elle ne cessa de délirer, poussant des cris inintelligibles et des gémissements sourds, puis riant soudainement avec des compagnons imaginaires ou répondant à des questions qu'elle seule entendait. Ce fut, pour tout le monde, une nuit interminable. Lorsque l'aube pointa, Danina n'était plus que l'ombre d'elle-même. Sa fièvre était si forte qu'il était difficile de croire qu'elle ait pu y survivre aussi longtemps.

— Nous devons faire quelque chose, dit Mme Markova.

Le médecin avait répété à plusieurs reprises qu'il ne pouvait rien de plus pour elle. Mais peut-être, songea la directrice, un autre praticien trouverait-il un moyen de soulager Danina ? Au bord du désespoir, elle envoya cette après-midi-là un petit mot à la tsarine, lui expliquant la situation et osant lui demander si elle avait un conseil à lui donner, ou si elle connaissait quelqu'un à qui elle puisse faire appel. Mme Markova savait, comme tout le monde, qu'un hôpital avait été installé dans une aile du palais Catherine, à Tsarskoïe Selo, et que la tsarine et les grandes-duchesses y soignaient les soldats. Peut-être y aurait-il là-bas quelqu'un qui pourrait aider Danina ? Mme Markova était prête à tout tenter pour la sauver. Certaines personnes avaient survécu à l'épidémie de grippe qui sévissait à Moscou, mais il semblait que cela fût davantage par chance que grâce à des méthodes vraiment scientifiques.

La tsarine ne perdit pas de temps à répondre à sa missive et envoya directement à Danina le plus jeune des deux médecins du tsarévitch. L'autre, le vénérable Dr Botkin, souffrait lui-même à ce moment-là d'une grippe mineure ; le Dr Nicolas Obrajensky, que Danina avait rencontré l'été précédent à Livadia, se présenta à l'école de danse peu avant le dîner et demanda à parler à Mme Markova.

Cette dernière éprouva un soulagement indicible en le voyant et le remercia chaleureusement, murmurant des paroles de gratitude et de reconnaissance pour la sollicitude de la tsarine. Elle était encore si bouleversée par la maladie de Danina qu'elle ne prêta pas attention au physique du médecin ; ce dernier ressemblait pourtant au tsar de façon frappante.

— Comment va-t-elle ? demanda-t-il avec douceur.

La détresse de la directrice parlait pour elle : il était évident que la petite ballerine n'allait pas mieux. Pourtant, il fut effrayé en la découvrant aussi malade : bien qu'il eût vu plusieurs cas de grippe à l'hôpital, aucun n'avait été aussi terrible. En l'espace de deux jours, le mal de Danina semblait l'avoir ravagée. Elle était déshydratée, elle délirait, et lorsqu'il prit sa température, il fut si choqué par le résultat qu'il recommença pour être sûr de ne pas s'être trompé. Comme le thermomètre confirmait le chiffre astronomique, il secoua tristement la tête. Il n'avait guère d'espoir de la voir survivre, et, après l'avoir bien examinée, il se tourna vers Mme Markova avec une expression accablée.

— J'ai peur que vous ne sachiez déjà ce que je vais vous dire..., n'est-ce pas ? déclara-t-il avec compassion.

Il lui suffit de plonger son regard dans celui de la directrice pour deviner combien elle aimait Danina. Cette dernière était comme une fille pour elle.

— Je vous en prie... Non, c'est impossible...

Elle enfouit son visage dans ses mains, trop épuisée et tendue pour garder contenance.

— Elle est si jeune... si talentueuse... Elle n'a que dix-neuf ans... Elle ne doit pas mourir ! Vous ne devez pas la laisser mourir, conclut-elle avec force en relevant la tête vers lui, comme pour exiger une promesse illusoire.

— Je ne peux pas l'aider, dit-il en toute honnêteté. Si nous essayions de l'emmener à l'hôpital, elle ne survivrait pas au voyage. Peut-être pourrons-nous la déplacer dans quelques jours, si elle est toujours parmi nous.

Mais il jugeait manifestement cela plus qu'improbable.

— La seule chose à faire, c'est d'essayer de

faire baisser la fièvre en la rafraîchissant. Baignez-la avec des linges mouillés d'eau froide, et forcez-la à boire autant que possible. Le reste est entre les mains de Dieu, madame. Peut-être a-t-Il davantage besoin d'elle que nous.

Il parlait d'une voix calme, apaisante, mais ne pouvait lui mentir. En toute franchise, il était étonné que Danina eût survécu aussi longtemps ; il savait que certains malades étaient morts le jour même où ils avaient contracté la grippe.

— Faites ce que vous pourrez pour elle, reprit-il sombrement, mais n'espérez pas accomplir de miracle, madame. Il ne nous reste plus qu'à prier et à espérer être entendus.

Il n'avait plus d'espoir.

— Je comprends, répondit-elle, lugubre.

Il leur tint compagnie un moment puis reprit la température de Danina. Bien que Mme Markova eût commencé à appliquer des linges frais sur tout son corps, la fièvre, loin de baisser, avait encore augmenté. Des élèves apportaient les serviettes mouillées, mais la directrice leur interdisait de passer trop de temps dans la chambre, de peur qu'elles ne tombent malades à leur tour. Les cinq jeunes filles qui, d'habitude, dormaient avec Danina avaient été transférées dans le dortoir et installées sur des matelas posés à même le sol ; elles avaient l'interdiction de retourner dans leur ancienne chambre.

— Et maintenant, comment est-elle ? demanda Mme Markova au médecin une heure plus tard.

Ils n'avaient cessé de baigner les bras, la poitrine et le visage de Danina, qui ne semblait pas en avoir conscience. Elle était agitée d'un léger tremblement et aussi mortellement pâle que les draps sur lesquels elle était allongée.

— A peu près stationnaire, répondit le médecin après avoir repris sa température.

Il ne voulait pas avouer à Mme Markova qu'il trouvait Danina un peu plus chaude encore.

— Mais vous savez, son état ne va pas s'améliorer aussi vite, ajouta-t-il.

« S'il s'améliore, ce dont je doute », songea-t-il. Cela lui serrait d'autant plus le cœur qu'il était frappé par la beauté de sa patiente, aussi mal en point fût-elle. Elle avait des traits harmonieux, délicats et, même immobile, son corps délié demeurait merveilleusement gracieux. Ses longs cheveux sombres entouraient son fin visage. Hélas, il avait vu suffisamment de mourants pour savoir qu'elle n'en avait plus pour longtemps et qu'elle ne verrait vraisemblablement pas le jour se lever.

— Vous êtes sûr que nous ne pouvons rien faire de plus ? demanda Mme Markova avec désespoir.

— Prier, répondit-il. Avez-vous contacté sa famille ?

— Elle a un père et quatre frères. Tous les cinq sont au front, d'après ce qu'elle m'a dit.

Leur régiment avait été l'un des premiers à partir quand la guerre avait éclaté, deux mois plus tôt. Danina était très fière de sa famille et en parlait souvent.

— Alors, il n'y a rien que vous puissiez faire. Nous devons attendre.

Il regarda sa montre. Il était au chevet de Danina depuis trois heures, et allait bientôt devoir repartir à Tsarskoïe Selo pour voir Alexis ; il lui faudrait une heure pour arriver au palais impérial.

— Je reviendrai demain matin, promit-il, bien qu'il craignît que, d'ici là, Dieu eût rappelé Danina près de Lui. Envoyez-moi quelqu'un si vous avez besoin de moi dans l'intervalle.

Il lui donna l'adresse où l'on pouvait le contacter en cas d'urgence. Il vivait au-delà de Tsarskoïe Selo, avec sa femme et leurs deux enfants. Il était encore jeune, un peu moins de quarante ans, mais c'était un médecin extrêmement responsable, compétent et attaché à ses patients, ce qui expliquait qu'on lui eût confié la charge du tsarévitch. Par ailleurs, il ressemblait étrangement au père du jeune garçon : il avait les mêmes traits distingués, était aussi grand et portait une barbe courte, nette, très semblable à la sienne. Même glabre il lui aurait beaucoup ressemblé mais, à l'inverse du tsar, il avait des cheveux presque noirs, comme ceux de Danina.

— Merci d'être venu, docteur, dit poliment Mme Markova en le raccompagnant jusqu'à la porte principale.

Marcher un peu le long des couloirs fit du bien à la directrice. Quand elle ouvrit la lourde porte d'entrée, le vent s'engouffra à l'intérieur de l'école, rafraîchissant son visage.

— J'aimerais pouvoir faire davantage pour elle... et pour vous, dit le médecin avec compassion. J'imagine sans peine ce que vous devez éprouver.

— Elle est comme une fille pour moi, murmura Mme Markova, les yeux pleins de larmes.

Impuissant devant son chagrin, il ne put que lui effleurer le bras avec douceur.

— Peut-être Dieu aura-t-Il pitié et l'épargnera-t-Il, murmura-t-il.

Submergée par ses émotions, Mme Markova ne put que hocher la tête.

— Je reviendrai très tôt demain matin, ajouta le Dr Obrajensky.

— D'habitude, elle commence son échauffement à cinq heures ou cinq heures trente, dit Mme Markova, comme si cela avait encore la moindre importance.

— Elle doit travailler très dur, observa le médecin. C'est une danseuse extraordinaire.

Il y avait de l'admiration dans sa voix. Il savait qu'il était peu probable qu'ils la vissent de nouveau danser, mais il se réjouissait d'avoir eu cette chance, au moins une fois.

— Vous avez déjà assisté à l'une de ses représentations ? demanda Mme Markova.

— Oui. *Giselle*. C'était magnifique, acquiesça-t-il gentiment.

Il devinait sans peine la douleur de son interlocutrice.

— Elle est encore meilleure dans *Le Lac des*

cygnes et dans *La Belle au bois dormant*, observa-t-elle avec un petit sourire triste.

— J'espère avoir un jour la chance d'en juger, répondit-il avant d'esquisser un salut et de prendre congé.

Mme Markova repoussa le battant derrière lui et se hâta de retourner auprès de Danina.

La nuit suivante devait rester à jamais gravée dans la mémoire de Mme Markova. Ce fut une nuit de chagrin et de désespoir pour elle, et une nuit de fièvre, de délire et de terreur pour Danina. Lorsque vint le matin, elle paraissait sur le point d'abandonner le combat. Mme Markova était assise à son chevet et semblait elle aussi sans vie. Epuisée, elle n'osait s'éloigner ne fût-ce qu'un instant et n'avait pas bougé depuis des heures lorsque le Dr Obrajensky revint, à cinq heures du matin.

— Merci de vous être déplacé si tôt, murmura-t-elle.

L'atmosphère, dans la chambre sinistre, était déjà lourde et endeuillée. Même Mme Markova sentait que la bataille était perdue, à présent. Danina n'avait pas repris connaissance depuis la veille.

— Je me suis inquiété pour elle toute la nuit, avoua le Dr Obrajensky d'un air troublé.

Il lui suffisait de regarder le visage de la directrice pour deviner comment s'était passée sa veille ; d'ailleurs, Danina respirait à peine. Il prit son pouls : les battements étaient faibles et irréguliers. En revanche, il remarqua avec surprise que sa température avait un peu baissé.

— Elle lutte de toutes ses forces. Nous avons de la chance qu'elle soit jeune et robuste.

Mais même de très jeunes gens étaient morts en grand nombre à Moscou.

— A-t-elle bu de l'eau ?

— Pas depuis plusieurs heures, admit Mme Markova. Je n'arrive pas à la faire déglutir et j'ai peur qu'elle ne s'étouffe.

Il hocha la tête. Ils ne pouvaient vraiment plus rien faire, mais il s'était arrangé pour pouvoir rester plusieurs heures. Son collègue, le Dr Botkin, allait suffisamment mieux pour pouvoir s'occuper du tsarévitch en cas de besoin. Le Dr Obrajensky voulait être auprès de Danina au moment ultime, ne fût-ce que pour pouvoir réconforter Mme Markova.

Ils demeurèrent assis côte à côte pendant des heures, sur les chaises inconfortables de la chambre quasiment vide. Ils parlaient peu et se contentaient de vérifier de temps à autre que l'état de la jeune fille restait stationnaire. Le médecin proposa à Mme Markova de profiter de sa présence pour se reposer un peu, mais elle refusa de quitter Danina.

Il était midi quand, enfin, la jeune ballerine poussa un gémissement angoissé et s'agita faiblement. Elle semblait souffrir, mais lorsque le médecin l'examina, il trouva son état stationnaire. Il ne pouvait que s'émerveiller qu'elle eût tenu aussi longtemps ; cela en disait long sur sa jeunesse, sa force et sa condition physique. Etrangement, pourtant, elle était la seule de l'école à avoir attrapé le mal.

A quatre heures de l'après-midi, le Dr Obrajensky était toujours là. Il ne voulait pas les abandonner avant la fin. Mme Markova s'était assoupie sur sa chaise, mais Danina, elle, s'agitait de plus en plus. Elle gémissait, remuait dans son délire, mais la directrice était trop épuisée pour l'entendre.

Le médecin examina une fois encore Danina et trouva les battements de son cœur faibles et irréguliers. Il en déduisit que la fin approchait. Elle commençait à avoir du mal à respirer. Il aurait voulu soulager son agonie mais ne pouvait rien faire, sinon demeurer à son côté. Après avoir une fois encore pris son pouls, il garda sa main dans la sienne et la caressa doucement, les yeux fixés sur le visage de la jeune femme, si beau et en même temps si tourmenté. Il souffrait de se sentir inutile ; il avait l'impression de lutter sans armes contre les démons prêts à l'emporter. Il aurait voulu la forcer à vivre, à guérir, lui insuffler sa propre énergie. Du bout des doigts, il effleura son front brûlant. Elle remua de nouveau et dit quelque chose, comme si elle s'adressait à un ami ou à l'un de ses frères. Puis elle cria un mot incompréhensible et ouvrit brutalement les yeux pour le regarder. Il avait assisté à des scènes semblables des centaines de fois : c'était le dernier sursaut de vie avant la fin. Les yeux de Danina étaient grands ouverts à présent.

— Maman..., je te vois, dit-elle.

— Tout va bien, Danina, je suis là, murmura

Nicolas Obrajensky, apaisant. Tout va bien aller, maintenant.

Elle n'en avait plus pour longtemps.

— Qui êtes-vous ? demanda-t-elle d'une voix rauque, inégale.

Bien qu'elle parût le voir clairement, il savait qu'il n'en était rien. Elle fixait bien quelqu'un dans son délire, mais il était peu probable que ce fût lui.

— Je suis votre médecin, déclara-t-il. Je suis venu vous aider.

— Oh, dit-elle, avant de refermer les yeux et de reposer la tête sur son oreiller. Vous savez, je vais voir ma mère...

Il se rappela alors que Mme Markova lui avait dit que Danina n'avait plus que son père et ses frères, et il comprit ce que cela signifiait. Il ne la laissa pas continuer.

— Non, il ne faut pas, décréta-t-il avec fermeté. Je veux que vous restiez ici avec moi. Nous avons besoin de vous, Danina.

— Non, je dois y aller..., insista-t-elle en détournant la tête, les yeux toujours clos. Je vais être en retard pour mon cours et Mme Markova sera furieuse contre moi.

C'était la première fois qu'elle parlait autant depuis deux jours. Il était clair qu'elle voulait les quitter ou avait l'impression de ne pas avoir le choix.

— Vous devez rester ici pour vos cours, Danina, sans quoi Mme Markova et moi serons très mécontents. Ouvrez les yeux, Danina... Ouvrez les yeux et regardez-moi.

A sa grande surprise, elle obéit, et fixa sur lui ses grands yeux sombres, qui semblaient immenses dans son visage pâle et amaigri par la fièvre.

— Qui êtes-vous ? dit-elle de nouveau, cette fois d'une voix aussi faible qu'elle l'était elle-même.

Il comprit alors qu'elle le voyait réellement, à présent. Il toucha son front du doigt et le trouva sensiblement moins chaud.

— Je suis Nicolas Obrajensky, mademoiselle. Votre médecin. La tsarine m'a envoyé à votre chevet.

Elle hocha la tête et ferma les yeux quelques instants. Puis elle les rouvrit pour murmurer :

— Je vous ai vu avec Alexis l'été dernier... A Livadia.

Elle se souvenait. Elle était revenue ! Elle avait encore un long chemin à parcourir mais, aussi étrange que cela parût, le sortilège paraissait rompu. Il avait envie de pousser un cri de joie mais ne voulait pas se réjouir trop vite. Il doutait encore de ce qu'il voyait.

— Si vous restez parmi nous, je vous apprendrai à nager, la taquina-t-il, se souvenant des longues heures qu'Alexis avait passées à tenter de lui donner des cours de natation.

Elle essaya de sourire mais, trop faible, ne put que le regarder en silence.

— Il faut que je danse, dit-elle enfin d'un air inquiet. Je n'ai pas le temps de nager...

— Mais si. A présent, il est temps que vous vous reposiez.

De nouveau, elle ferma les yeux, et Nicolas hocha la tête avec satisfaction. Elle semblait comprendre parfaitement tout ce qu'il lui disait.

— Je dois aller au cours, demain.

— Je crois que vous devriez y aller dès cette après-midi, affirma-t-il avec humour. Je vous trouve très paresseuse.

Cette fois, elle parvint à esquisser un semblant de sourire. Le médecin lui souriait, lui aussi ; il avait l'impression d'avoir remporté une formidable victoire. Une heure plus tôt, il la considérait comme condamnée, et voilà qu'elle était à présent éveillée et lui parlait.

— Je crois que vous dites des bêtises, chuchota-t-elle. Je ne peux pas aller en cours aujourd'hui.

— Pourquoi donc ?

— Plus de jambes, expliqua-t-elle. Je crois qu'elles sont tombées, je ne les sens plus.

Fronçant les sourcils avec inquiétude, il glissa la main sous les couvertures pour lui toucher les jambes et lui demanda si elle sentait son contact. Elle acquiesça ; elle n'était pas paralysée, simplement trop faible pour remuer.

— Vous êtes fatiguée, voilà tout, Danina, la rassura-t-il. Tout ira bien, vous verrez.

Il savait cependant que, si elle s'en sortait — et pour la première fois, cela semblait envisageable, même si elle était encore loin d'être sauvée —, sa convalescence prendrait des mois. Elle devrait faire l'objet de soins constants et attentifs si elle voulait recouvrer pleinement la santé.

— Il va falloir que vous soyez très sage, que vous dormiez beaucoup et que vous buviez et mangiez, déclara-t-il.

Joignant le geste à la parole, il lui offrit de l'eau, et elle réussit à boire. Elle n'avala qu'une gorgée, mais c'était déjà un énorme progrès.

Comme il posait le verre sur la table de chevet, Mme Markova se réveilla en sursaut. Craignant que quelque chose d'horrible ne se fût passé durant son sommeil, elle se leva vivement et s'approcha du lit. Elle constata alors avec stupéfaction que Danina semblait de retour parmi les vivants. Elle souriait faiblement au médecin.

— Mon Dieu, c'est un miracle ! s'exclama Mme Markova, luttant contre les larmes de soulagement et d'épuisement qui lui montaient aux yeux.

Elle paraissait presque aussi mal en point que Danina, bien qu'elle n'eût pas de fièvre et ne fût pas malade. La terreur d'avoir failli perdre sa protégée l'avait minée de l'intérieur.

— Mon enfant, tu te sens mieux ?

— Un peu, acquiesça Danina avant de lever les yeux vers le médecin. Je crois que vous m'avez sauvée, lui dit-elle.

— Non. J'aimerais pouvoir dire que toute la gloire me revient, mais j'ai bien peur d'avoir été inutile. Je me suis contenté de rester assis là à vous regarder. Mme Markova a fait beaucoup plus que moi.

— C'est Dieu qu'il faut remercier, affirma la directrice.

Elle mourait d'envie de demander au

Dr Obrajensky si Danina était tirée d'affaire pour de bon à présent, mais elle ne pouvait lui poser la question devant sa patiente. Cette dernière, en tout cas, semblait aller beaucoup mieux : elle était déjà un peu moins faible.

— Quand pourrai-je danser de nouveau ? demanda-t-elle à Nicolas.

Mme Markova et lui rirent en chœur. Oui, vraiment, Danina allait mieux !

— Pas la semaine prochaine, ça c'est sûr, mon amie, répondit-il en souriant.

Elle ne danserait pas avant des mois, mais il était encore trop tôt pour le lui dire. Il ne voulait pas que, folle de culpabilité et d'angoisse, elle mît son rétablissement en péril.

— Bientôt, promit-il. Soyez bien sage, faites tout ce que je vous dirai, et vous serez sur pied très rapidement.

— J'ai une répétition importante demain, insista-t-elle.

— Il y a de grandes chances pour que vous la ratiez, je le crains. Vous n'avez plus de jambes, vous vous souvenez ?

— Pardon ? intervint Mme Markova avec inquiétude.

Il s'empressa de la rassurer.

— Elle ne sentait plus ses jambes, il y a une minute, mais tout va bien. Elle est seulement très affaiblie par la fièvre.

De fait, lorsque, un moment plus tard, ils essayèrent de l'asseoir pour la faire boire de nouveau, elle n'en eut pas la force. Elle arrivait à peine à soulever sa tête de l'oreiller.

— J'ai l'impression d'être une poupée de chiffon, soupira-t-elle.

— Vous êtes un peu plus jolie que ça, répondit Nicolas en riant. Beaucoup plus, en fait. Croyez-moi, je resterais volontiers près de vous toute la soirée... Mais je crois qu'il est temps que je vous laisse et retourne voir mes autres patients, sans quoi ils vont oublier mon existence !

Il était plus de six heures, et cela faisait treize heures qu'il était à son chevet. Il promit néanmoins de revenir le lendemain matin. Tout en le raccompagnant à la porte, comme la veille, Mme Markova le remercia chaleureusement et lui demanda à quoi elle devait désormais s'attendre.

— La convalescence sera longue, très longue, lui dit-il en toute honnêteté. Elle doit rester au lit au moins un mois, sans quoi elle risque de tomber de nouveau malade. Inutile de vous dire que, la prochaine fois, elle pourrait avoir moins de chance.

Cette seule pensée emplissait Mme Markova de terreur.

— Il va falloir attendre plusieurs mois avant qu'elle puisse danser de nouveau, reprit Nicolas. Peut-être trois ou quatre, voire plus.

— Nous l'attacherons si besoin est. Vous l'avez entendue... Dès demain matin, elle nous suppliera de la laisser danser.

— Sa faiblesse la surprendra elle-même. Il faudra qu'elle se montre patiente, elle va avoir besoin de temps pour recouvrer ses forces.

— Je comprends, acquiesça Mme Markova avec gratitude.

Elle le remercia encore avant de lui dire au revoir. Puis elle retourna lentement vers la chambre de Danina, songeant à ce qu'elle aurait éprouvé si la jeune femme avait succombé à sa maladie, et à la chance qu'ils avaient tous qu'elle s'en fût sortie.

La directrice était infiniment reconnaissante à la tsarine de lui avoir envoyé son médecin. Il n'avait pas pu faire grand-chose, mais sa présence à elle seule avait été un grand réconfort. Et il s'était montré extrêmement dévoué : tous n'auraient pas passé autant de temps auprès de leur patiente.

De retour dans la chambre de Danina, Mme Markova regarda longuement la jeune femme qu'elle aimait tant, le cœur gonflé de tendresse. Allongée dans son lit, immobile, Danina ressemblait à une enfant ; elle dormait, et un petit sourire étirait ses lèvres.

2

Fidèle à sa parole, le Dr Obrajensky revint voir Danina le lendemain, mais cette fois, la sachant hors de danger, il ne passa que dans l'après-midi. Il fut heureux d'apprendre, en arrivant, qu'elle avait recommencé à boire et à s'alimenter. Elle avait encore à peine la force de soulever sa tête de l'oreiller, mais elle lui sourit dès qu'il entra dans la chambre. Elle était, de toute évidence, heureuse de le voir.

— Comment va Alexis ? lui demanda-t-elle aussitôt.

— Très bien, ma foi. Bien mieux que vous, en ce moment. Il jouait aux cartes et battait sa sœur à plate couture quand je l'ai vu ce matin. Il espère que vous vous sentirez bientôt mieux. La tsarine et les grandes-duchesses aussi, et ils m'ont tous chargé de vous transmettre leurs vœux de prompt rétablissement.

En fait, la tsarine avait même envoyé un petit mot à Mme Markova. Le Dr Obrajensky en connaissait le contenu, car la souveraine en avait discuté avec lui.

Mme Markova tenait toujours compagnie à la malade dans sa chambre, mais elle paraissait beaucoup plus reposée. Lorsqu'elle lut la missive de la tsarine, elle écarquilla les yeux, abasourdie, avant de se tourner vers le médecin. Ce dernier hocha la tête : c'était lui, en effet, qui avait suggéré à la souveraine d'inviter Danina à passer sa convalescence dans l'une des propriétés que le tsar réservait à ses invités. Là, il serait plus facile de s'occuper d'elle, et elle pourrait recouvrer la santé sans souffrir d'être au cœur même de l'école mais interdite de cours. A Tsarskoïe Selo elle se reposerait, serait bien soignée, et ainsi, elle guérirait parfaitement et pourrait recommencer à danser.

Lorsqu'ils quittèrent la chambre de Danina cette après-midi-là, le Dr Obrajensky demanda à Mme Markova ce qu'elle pensait de l'invitation de la tsarine. La directrice était encore très étonnée. Il s'agissait d'une invitation extrêmement flatteuse, bien sûr, mais elle se demandait comment Danina réagirait. L'école tenait une place si importante dans sa vie ! Mme Markova craignait qu'elle ne refuse de la quitter, même si elle ne pouvait danser. Pourtant, elle était d'accord avec le médecin : rester là, regarder les autres et ne pouvoir danser avec eux pendant des mois la rendrait folle.

— Cela pourrait lui faire beaucoup de bien de s'éloigner un peu, reconnut-elle, mais je ne suis pas sûre que nous arrivions à l'en convaincre. Même si elle ne peut pas danser, j'ai bien peur qu'elle ne veuille rester ici. Vous comprenez, si l'on excepte la semaine qu'elle a passée à Livadia l'été dernier, elle n'a pas quitté l'école depuis des années.

— Mais elle a bien aimé son séjour là-bas, n'est-ce pas ? Ce serait à peu près pareil. Et de plus, à Tsarskoïe Selo, je pourrais observer sa convalescence. D'ordinaire, je n'ai pas la possibilité de m'absenter aussi souvent et aussi longtemps que je l'ai fait ces derniers jours. J'ai mes devoirs envers le tsarévitch.

— Vous avez été très gentil envers elle, reconnut Mme Markova avec gratitude. Je ne sais pas ce que nous serions devenus sans vous.

— Je n'ai absolument rien fait pour l'aider, répondit-il, modeste, sinon prier, comme vous. Elle a eu beaucoup de chance... Vous savez, ajouta-t-il, je crois que la tsarine et les enfants seront très déçus si elle ne vient pas. Et je suis sûr que Danina apprécierait vraiment son séjour là-bas.

— Je n'en doute pas ! répondit Mme Markova en riant de bon cœur. J'ai au moins une demi-douzaine de ballerines, et probablement plus, qui donneraient cher pour prendre sa place à Tsarskoïe Selo. Le problème, c'est que Danina n'est pas comme les autres. Elle ne veut jamais partir d'ici, elle a peur de rater quelque chose. Par exemple, elle ne va jamais dans les magasins, ou se promener, ou au théâtre. Elle danse, elle danse... Elle danse, elle regarde les autres danser, et elle danse encore. De surcroît, elle m'est très attachée. Sans doute parce qu'elle a peu connu sa mère.

— Depuis combien de temps est-elle ici ? demanda-t-il avec intérêt.

La jeune danseuse le fascinait. Elle était comme un oiseau exotique, rare, magnifique et fragile, qui serait tombé à ses pieds avec une aile cassée ; à présent, il voulait faire tout ce qui était en son pouvoir pour l'aider. Voilà pourquoi il avait intercédé en sa faveur auprès du tsar et de la tsarine, ce qui, d'ailleurs, n'avait pas été bien difficile, car eux aussi aimaient beaucoup Danina. Il était impossible de ne pas admirer quelqu'un d'aussi talentueux.

— Elle est ici depuis douze ans, répondit Mme Markova. Elle avait sept ans à son arrivée ; elle en a dix-neuf, presque vingt aujourd'hui.

— Il est grand temps qu'elle prenne quelques vacances, vous ne croyez pas ?

Le Dr Obrajensky était décidé à se montrer ferme. Il estimait qu'un séjour à Tsarskoïe Selo ferait le plus grand bien à Danina.

— Je suis d'accord avec vous. Le problème est de la convaincre. Je lui en parlerai dès qu'elle ira un peu mieux.

Il vint chaque jour, cette semaine-là. Lorsque Mme Markova sentit que Danina était en mesure de discuter, elle lui parla de la lettre de la tsarine. La jeune femme, d'abord étonnée, s'avoua flattée et ravie d'être ainsi invitée par la famille impériale ; mais elle ajouta qu'elle n'avait pas l'intention d'accepter.

— Je ne peux pas vous quitter, dit-elle simplement à Mme Markova.

Elle se sentait très déstabilisée d'avoir frôlé la mort et souhaitait demeurer dans le cadre familier et rassurant de l'école de danse. Elle n'avait pas envie d'effectuer sa convalescence entourée d'inconnus, fussent-ils impériaux.

— Vous n'allez pas m'obliger à partir, n'est-ce pas ? demanda-t-elle avec inquiétude.

Cependant, dès qu'elle essaya de se lever, elle prit la mesure de sa faiblesse — et Mme Markova aussi. Elle n'arrivait même pas à s'asseoir sur une chaise sans manquer s'évanouir, et on devait la surveiller en permanence pour éviter qu'elle ne s'effondre. Elle avait besoin qu'on la porte pour aller aux toilettes.

— Il vous faut des soins constants pendant un certain temps, Danina, lui expliqua le médecin au cours d'une de ses visites. Si vous vous entêtez à rester ici, vous serez un fardeau considérable pour l'école. Tous sont vraiment beaucoup trop occupés pour vous prendre en charge comme votre état l'exige.

Elle savait qu'il avait raison et se rendait compte qu'elle avait déjà abusé de la gentillesse de tous, et en particulier de Mme Markova. Mais elle ne voulait toujours pas s'en aller. L'école était sa maison, les professeurs et les élèves sa famille. Elle ne supportait pas l'idée de quitter cet environnement familier, et cette nuit-là, quand Mme Markova et elle en discutèrent, elle fondit en larmes.

— Pourquoi ne pas aller là-bas quelque

temps seulement ? suggéra la directrice. En attendant que tu sois un peu plus forte. C'est vraiment une invitation très généreuse, et tu te plairas peut-être à Tsarskoïe Selo.

— Ça me fait peur, répondit-elle simplement.

Malgré tout, le lendemain matin, Mme Markova insista pour que Danina accepte l'offre de la tsarine. Non seulement elle pensait que cela ferait du bien à la jeune danseuse, mais elle craignait d'offenser la souveraine en dédaignant son invitation. Il était rare, exceptionnel même, d'être reçu en convalescence à Tsarskoïe Selo, et Mme Markova était très reconnaissante au Dr Obrajensky d'avoir obtenu cette faveur. Il s'était révélé à la fois gentil et extraordinairement prévenant, et il était évident qu'il portait à Danina un intérêt sincère. D'ailleurs, ses visites quotidiennes remontaient visiblement le moral de la jeune femme. En esprit, elle était presque redevenue elle-même à présent ; mais son corps, lui, n'arrivait pas à se remettre aussi vite du terrible traumatisme qu'il avait subi.

— Je pense que tu devrais y aller, répéta une nouvelle fois Mme Markova avec fermeté.

A la fin de la semaine, le Dr Obrajensky et elle tombèrent d'accord : Danina devait être envoyée à Tsarskoïe Selo, qu'elle le voulût ou non. C'était pour son propre bien : si elle ne recevait pas les soins que son état exigeait, elle risquait de ne jamais se remettre complètement de sa maladie et de ne plus pouvoir danser. En fin de compte, Mme Markova le lui dit.

— Et si ton entêtement t'empêchait de jamais revenir parmi nous ?

— Vous pensez que cela pourrait se produire ? demanda Danina, affolée.

— Ce n'est pas impossible, acquiesça Mme Markova d'un air grave. Tu as été très, très malade, ma chérie. Tu ne dois pas tenter le diable, à présent, en te montrant sotte et bornée.

La tsarine l'avait conviée à demeurer chez eux jusqu'à ce qu'elle se sente mieux et soit capable de retourner à l'école de danse. Même Danina avait conscience de ce que cette invitation avait d'exceptionnel. Mais, encore timide, elle avait peur de quitter les gens qu'elle connaissait et la sécurité de son environnement habituel.

— Et si j'y allais pour quelques semaines seulement ?

C'était sa première concession, et Mme Markova la jugea encourageante.

— D'ici quelques semaines, tu seras toujours incapable de danser, fit-elle valoir. Vas-y au moins pour un mois, et après, nous verrons comment tu te sens. Si tu ne te plais pas du tout là-bas, tu pourras toujours revenir et poursuivre ta convalescence ici. Mais, je t'en prie, passes-y au moins un mois. Je te promets de venir te voir.

Danina eut du mal à s'y résoudre, mais elle finit par accepter. Le jour de son départ arriva ; elle pleura à chaudes larmes au moment de quitter ses amis et Mme Markova.

— Nous ne t'envoyons pas en Sibérie, observa cette dernière avec douceur.

— C'est pourtant l'impression que j'ai, soupira Danina, souriant faiblement à travers ses larmes. Vous allez tellement me manquer !

Elle s'accrochait à la main de Mme Markova, le cœur serré. Un traîneau couvert avait été spécialement envoyé pour son voyage. Il était chaud, confortable et rempli de fourrures et de grosses couvertures. La tsarine n'avait pas regardé à la dépense. Par ailleurs, le Dr Obrajensky en personne était venu la chercher, après s'être assuré que tout était prêt à l'accueillir là où elle serait installée. C'était une maison bien chauffée, moderne, et il était certain qu'elle y serait très bien. Il apportait également un message d'Alexis, qui avait terriblement hâte de la voir pour lui montrer un nouveau tour de cartes qu'il avait appris.

Tous les danseurs sortirent devant l'école afin de dire au revoir à leur amie, et ils lui firent de grands signes tandis que le traîneau s'ébranlait et prenait de la vitesse. Danina était si nerveuse que son compagnon prit une de ses mains entre les siennes pendant que de l'autre elle saluait ses amis. Avant même d'atteindre Tsarskoïe Selo, elle était épuisée : l'émotion du départ l'avait vidée de toute énergie.

— La danse est toute ma vie, vous savez. Je ne connais rien d'autre. J'ai passé tellement de temps à l'école que je n'arrive pas à m'imaginer ailleurs, ne serait-ce qu'une minute, expliqua-t-elle à Nicolas Obrajensky.

Comme toujours, il se montra doux et compatissant.

— Vous ne perdrez rien en vous éloignant quelque temps, au contraire : vous pourrez reprendre des forces, et tous vos camarades et professeurs vous attendront à votre retour. Vous vous sentirez mieux que jamais, faites-moi confiance.

Elle lui sourit, reconnaissante de ses paroles d'encouragement. Elle se sentait à l'aise avec lui et comprenait sans peine pourquoi toute la famille impériale lui était attachée.

Dès qu'ils furent arrivés, il l'installa confortablement dans la petite maison, qui était plus luxueuse que tout ce qu'elle s'était imaginé. La chambre à coucher était entièrement décorée de satin rose, et le salon, bleu et jaune, était du plus bel effet. Il y avait partout un mobilier superbe. Quatre servantes avaient été mises à son service, et deux infirmières étaient chargées de ses soins.

Une demi-heure plus tard, la tsarine en personne vint la voir, et elle amena Alexis avec elle, afin qu'il puisse montrer son tour de cartes à Danina. Tous deux furent effrayés de voir combien sa maladie l'avait touchée et se réjouirent qu'elle fût venue en convalescence auprès d'eux. Ils ne restèrent que quelques instants, afin de ne pas la fatiguer, et, quand ils prirent congé, le Dr Obrajensky fit de même. Lui aussi craignait de l'épuiser, mais il lui promit de passer la voir le lendemain matin pour s'assurer qu'elle « ne faisait pas de bêtises ».

Ce fut étrange, pour elle, d'aller se coucher ce soir-là dans cette maison inconnue, loin de toutes les personnes qu'elle connaissait, sans les autres jeunes filles qui, d'ordinaire, partageaient sa chambre. En dépit du faste du décor, elle se sentait seule. Aussi fut-elle agréablement surprise lorsqu'une des deux infirmières vint la voir, peu après l'avoir aidée à se coucher, pour lui annoncer qu'elle avait de la visite : le Dr Obrajensky était revenu.

Il n'était que huit heures du soir, mais Danina ne s'attendait pas à le revoir avant le lendemain et ne dissimula pas son étonnement.

— Je m'apprêtais à rentrer chez moi, expliqua-t-il, et j'ai voulu voir comment vous alliez.

Debout au pied du lit, il l'observa avec attention ; comme il l'avait craint, elle avait l'air triste.

— Je me disais que vous vous sentiriez peut-être un peu seule.

— C'est vrai, reconnut-elle, penaude. Je suppose que c'est idiot de ma part...

Elle avait honte de se montrer aussi infantile et avait l'impression d'être terriblement ingrate.

— Bien sûr que non, protesta-t-il en s'asseyant sur une chaise près de son lit. Vous avez l'habitude de vivre en communauté.

Il avait vu la chambre qu'elle partageait avec ses cinq camarades et avait eu l'occasion de faire la connaissance de plusieurs autres danseurs au cours de ses visites.

— C'est un gros changement, pour vous, de vous retrouver toute seule ici.

Et elle était si jeune encore ! A certains égards elle pouvait paraître très mûre et disciplinée. Mais, d'un autre côté, son enfance protégée l'avait également empêchée de grandir. Et Nicolas trouvait ce contraste très attachant.

— Puis-je faire quoi que ce soit pour vous faciliter un peu les choses, Danina ?

— Non, nos conversations me font déjà grand plaisir, répondit-elle en souriant.

Elle était particulièrement touchée par sa visite de ce soir, car elle prouvait qu'il comprenait exactement ce qu'elle ressentait.

— Dans ce cas, il faudra que je vienne vous voir plus souvent, promit-il.

C'était plus facile pour lui à présent : la maison où elle logeait n'était qu'à quelques minutes à pied du palais Alexandre. De surcroît, il savait qu'Alexis et ses sœurs avaient déjà prévu de tenir souvent compagnie à Danina.

— Vous ne vous sentirez pas seule longtemps, croyez-moi. D'ici peu, dès que vous serez un peu plus forte, vous pourrez aller vous promener et même vous rendre au palais.

Pour l'instant, elle était encore incapable de traverser la pièce sans aide.

— Je vous prédis que vous irez mieux dans très peu de temps.

Tout à coup, Danina eut honte de son moment de découragement. Tout le monde était si gentil avec elle ! Bien sûr, ses amis et Mme Markova lui manquaient, mais elle était soudain heureuse d'avoir accepté l'invitation de la famille impériale.

— Merci de m'avoir fait venir ici, dit-elle au médecin avec reconnaissance. Je suis contente d'être là.

— Et moi, je me réjouis que vous soyez venue, Danina, répondit-il d'une voix calme.

Il semblait détendu et un peu fatigué. C'était la fin d'une longue journée, pour lui, et elle était certaine qu'il devait avoir hâte de rentrer chez lui, auprès de sa femme et de ses enfants. Elle se sentait coupable de le garder à son côté mais prenait plaisir à sa compagnie.

— J'aurais été si déçu si vous n'étiez pas venue ! avoua-t-il.

— Moi aussi, admit-elle en souriant. Cette maison est ravissante.

Elle regarda autour d'elle avec émerveillement, encore abasourdie par tout le luxe déployé pour elle. Elle n'avait jamais rien vu de tel.

— Je savais que cela vous plairait, répondit-il.

— Il faudrait être difficile pour ne pas apprécier toutes ces attentions.

— La danse va-t-elle beaucoup vous manquer ?

Il connaissait déjà la réponse mais aimait l'entendre parler de sa passion.

— Je vis pour la danse, déclara-t-elle avec simplicité. C'est la seule existence que je connaisse et la seule que je désire. Je n'arrive pas à imaginer ma vie sans le ballet. Ne plus pouvoir danser me tuerait.

Nicolas hocha la tête sans quitter des yeux son visage harmonieux. Il aimait bavarder avec elle et avait eu l'occasion de constater, maintenant qu'elle allait un peu mieux, qu'elle était douée d'un merveilleux sens de l'humour.

— Vous danserez de nouveau bientôt, Danina, je vous le promets.

Mais pas trop tôt. Elle avait encore beaucoup de chemin à parcourir avant d'être assez forte pour reprendre les cours et ils en avaient tous les deux conscience.

— Il va falloir que vous trouviez autre chose à faire, en attendant.

Il lui avait déjà apporté une pile de livres, et elle s'était promis de les lire. D'habitude, elle n'avait jamais le temps de lire.

— Vous aimez la poésie ? demanda-t-il d'un ton prudent, craignant de paraître pédant.

Il fut agréablement surpris d'apprendre que c'était l'une des passions de la jeune femme.

— Je l'adore ! répondit-elle vivement.

— Dans ce cas, je vous apporterai quelques recueils demain. J'aime particulièrement l'œuvre de Pouchkine. Peut-être vous plaira-t-il également.

Elle avait déjà lu certaines de ses œuvres et se réjouissait de pouvoir en découvrir davantage maintenant qu'elle avait le temps.

— Je passerai vous voir demain, après ma visite à Alexis. Peut-être que je pourrai déjeuner ici ? Ainsi, vous ne vous sentirez pas trop seule.

Là-dessus, il se leva, mais il semblait ne pas avoir envie de la quitter.

— Ça va aller, ce soir, n'est-ce pas ?

Il s'inquiétait pour elle et ne voulait pas la savoir malheureuse.

— Pas de problème, répondit-elle avec un

sourire chaleureux. Promis. Maintenant, allez vite retrouver votre femme et vos enfants, sans quoi ils vont me détester cordialement.

— Ils savent ce que c'est que de vivre avec un médecin... Bon, à demain, alors, conclut-il depuis le seuil.

Elle lui fit un petit signe de la main, songeant une nouvelle fois à la chance qu'elle avait de connaître quelqu'un d'aussi gentil et prévenant que lui.

3

Le livre que le Dr Obrajensky lui apporta le lendemain était si beau que Danina eut les larmes aux yeux lorsqu'il lui en lut des extraits. Lentement, il lui ouvrait la porte d'un monde qu'elle n'avait jamais connu ou imaginé, un monde de spiritualité et de passions élevées. Le matin même, elle avait commencé à lire l'un des romans qu'il lui avait laissés, et ils en discutèrent durant le déjeuner. C'était l'un des préférés de Nicolas, et ils passèrent un merveilleux moment à bavarder ensemble.

Lorsqu'il regarda sa montre, songeant que le moment était venu de prendre congé, ils furent tous deux surpris de constater qu'il était déjà quatre heures de l'après-midi. Nicolas remarqua, penaud, que sa compagne paraissait très fatiguée.

— J'ai honte de vous épuiser ainsi, dit-il avec remords. Je suis bien placé pour savoir que c'est la dernière chose à faire...

— Je me sens bien, affirma-t-elle.

Elle avait vraiment apprécié les heures passées en sa compagnie. Elle avait pris son déjeuner dans son lit, et il s'était installé sur une petite chaise à côté d'elle.

— Je veux que vous dormiez à présent, dit-il en l'aidant à se rallonger et en réarrangeant ses oreillers.

L'une des infirmières aurait fort bien pu s'en charger, mais cela lui faisait plaisir de s'occuper d'elle.

— Dormez aussi longtemps que possible, reprit-il. Je dîne au palais ce soir, et je viendrai m'assurer que tout va bien avant de rentrer chez moi, si cela ne vous dérange pas.

C'était ce qu'il avait fait la veille au soir, et elle avait été très touchée. Cela l'avait aidée à oublier quelques instants sa solitude.

— J'en serai ravie, au contraire, répondit-elle.

Elle était terrassée de fatigue et cela se voyait. Nicolas éteignit la lumière à côté d'elle et se dirigea vers la porte de la chambre sans faire de bruit. Une fois sur le seuil, il se retourna pour regarder Danina. Elle avait déjà les yeux fermés ; avant même qu'il eût quitté la petite maison, elle dormait à poings fermés. Elle ne sortit de son paisible sommeil qu'à l'heure du dîner.

A son réveil, elle trouva une feuille de papier à côté de son lit. Alexis était venu lui rendre visite dans l'après-midi, mais l'infirmière lui avait dit qu'elle dormait. Il lui avait laissé un dessin, la représentant en train d'essayer de nager, l'été précédent. Comme beaucoup de garçons de son âge, il était très taquin ; et il se sentait d'autant plus à l'aise avec Danina qu'elle était de l'âge de ses sœurs.

Elle dîna d'une soupe, ce soir-là, et buvait une tasse de thé lorsque le Dr Obrajensky revint la voir, après sa visite au palais Alexandre. Il paraissait d'humeur légère et lui raconta en détail son dîner. Il prenait son repas du soir avec la famille impériale plusieurs fois par semaine, presque chaque jour en fait. C'était un grand admirateur du tsar et de sa femme.

— Ils sont extraordinaires, dit-il avec chaleur. Ils ont de telles responsabilités, un tel fardeau sur les épaules ! Les temps sont durs, surtout maintenant avec la guerre. Et il y a eu beaucoup d'agitation dans les villes. Sans parler de la santé d'Alexis, qui leur cause toujours beaucoup de souci.

Son hémophilie était un problème permanent, qui nécessitait la présence constante d'un médecin à son côté. Cela expliquait que Nicolas passât autant de temps avec eux, même s'il partageait ses responsabilités avec le Dr Botkin.

— Ce doit être dur pour vous aussi, fit observer Danina avec douceur. Vous ne pouvez guère vous consacrer à votre famille, à vos propres enfants.

Elle savait que son épouse était anglaise et qu'ils avaient deux jeunes garçons, âgés de douze et quatorze ans.

— Le tsar et la tsarine le comprennent, et ils invitent fréquemment Mary. Mais elle ne vient jamais. Elle a horreur des sorties en société ; elle préfère rester à la maison avec les garçons, ou même coudre tranquillement. Mon métier et les gens auprès de qui je l'exerce ne l'intéressent pas le moins du monde.

Danina avait du mal à le croire. Les souverains étaient pourtant loin d'être des personnes ordinaires ! Elle ne put s'empêcher de se demander si, d'une certaine manière, sa femme n'était pas jalouse de lui. Il était difficile de croire qu'elle fût asociale à ce point. Peut-être était-elle très timide ou se sentait-elle maladroite en présence du couple impérial ?

— Par ailleurs, son russe est assez mauvais et cela ne lui facilite pas les choses, ajouta Nicolas. Elle n'a jamais vraiment voulu apprendre notre langue.

C'était depuis longtemps une source de conflit entre eux, même s'il ne le dit pas à Danina : il eût été déloyal, estimait-il, de critiquer Mary devant elle. Cependant, il ne pouvait s'empêcher de constater à quel point les deux femmes étaient différentes. L'une était pleine de vitalité et de curiosité ; l'autre toujours fatiguée, lasse, mécontente.

Bien qu'elle eût été gravement malade, Danina respirait la joie de vivre et son énergie était contagieuse. Ses conversations avec Nicolas étaient une expérience nouvelle pour elle, car à part les danseurs de son école, elle n'avait jamais eu d'amis hommes. Personne ne lui avait jamais fait la cour, elle n'avait jamais été amoureuse. Les seuls hommes qu'elle eût vraiment fréquentés avaient été ses frères, mais elle était alors toute petite, et maintenant elle ne les voyait plus que très rarement. Ils étaient trop occupés pour pouvoir lui rendre visite ; ils se contentaient de venir assister à l'une de ses représentations une fois par an environ, à l'instar de son père. Leurs responsabilités vis-à-vis de l'armée passaient avant tout.

Avec Nicolas Obrajensky, c'était très différent. Au fil des jours, il devenait son ami, quelqu'un avec qui elle pouvait réellement parler. Elle lui en fit la remarque, et il parut s'en réjouir. Il aimait bavarder avec elle, lui faire part de ses idées, discuter de ses poèmes préférés. En fait, il y avait beaucoup de choses qu'il aimait chez elle, et lui aussi appréciait l'amitié agréable qui se nouait entre eux.

Il avait failli parler d'elle à Mary avant son arrivée, et l'avait d'ailleurs fait, mais seulement en passant, quand elle avait été très malade : il s'était contenté de dire qu'il avait été appelé à l'école de danse pour s'occuper d'une ballerine souffrant d'une grippe. Mais, par la suite, sa femme ne lui avait jamais posé de questions, et quand il avait commencé à mieux connaître Danina, il avait décidé de ne plus parler d'elle. A certains égards, il était plus facile pour lui de garder le secret sur leur amitié.

Auparavant, il n'aurait pas agi ainsi, mais maintenant, après quinze ans de mariage, il se rendait compte qu'il n'avait pas envie de discuter de sa vie avec Mary. Celle-ci paraissait de toute façon s'en désintéresser totalement. La plupart du temps, elle n'avait rien à lui dire. Ils avaient connu une période difficile, quelques années plus tôt. Elle avait voulu retourner en Angleterre, ou du moins envoyer leurs fils étudier là-bas. Mais Nicolas avait refusé. Il souhaitait les garder près de lui, pouvoir les voir. Maintenant, elle ne manifestait même plus la moindre colère. En fait, Nicolas ne l'intéressait pas le moins du monde, même si elle ne laissait jamais passer une occasion de lui répéter combien elle détestait la Russie. Par contraste, les heures qu'il vivait auprès de Danina lui semblaient incroyablement agréables et insouciantes ! Elle ne se plaignait jamais de sa vie. Elle était heureuse par nature.

— Est-ce que vos fils vous ressemblent ? demanda-t-elle.

— C'est ce que les gens disent, répondit-il en souriant. Moi, je ne m'en rends pas vraiment compte. Je trouve qu'ils ressemblent davantage à leur mère. Ce sont vraiment de bons enfants, enfin, des jeunes gens maintenant. Je continue à penser à eux comme à des petits garçons, mais ils sont grands. D'ailleurs, cela les met en colère. Ils sont très indépendants. Ils seront bientôt des hommes, qui s'engageront probablement dans l'armée pour servir le tsar.

En l'entendant prononcer ces mots, Danina songea à ses frères ; ils lui manquaient cruellement. Depuis que la guerre avait été déclarée, elle s'inquiétait beaucoup pour eux.

Elle lui parla d'eux, et il l'écouta en souriant. Elle lui racontait une anecdote à leur sujet quand, au détour de sa phrase, elle l'appela « docteur » ; Nicolas en fut peiné, car il se sentit soudain très vieux, très loin d'elle.

Bien qu'ils se fussent rencontrés pour la première fois à Livadia l'été précédent, ce n'était que maintenant, depuis la maladie de Danina, qu'ils commençaient vraiment à se connaître. Et leur amitié était de plus en plus forte.

— Ne pouvez-vous m'appeler Nicolas ? demanda-t-il. Ce serait tellement plus simple !

Et bien plus intime, mais cela ne choqua pas Danina. Elle l'aimait beaucoup, et le fait qu'il lui proposât de l'appeler par son prénom la toucha. Elle lui sourit ; en cet instant, elle ressemblait davantage à une enfant qu'à une jeune fille. Leur amitié était si innocente !

— Bien sûr, si vous préférez, répondit-elle. Je m'adresserai à vous plus formellement quand nous ne serons pas seuls.

Cela lui paraissait plus respectueux. Elle avait une conscience aiguë tant de la position du médecin à la cour que de leur différence d'âge : il avait vingt ans de plus qu'elle.

— Voilà qui me semble raisonnable, déclara-t-il, visiblement content de cet arrangement.

— Aurai-je l'occasion de rencontrer votre épouse, pendant mon séjour ? s'enquit Danina, qui s'interrogeait sur sa famille.

— J'en doute, répondit-il en toute honnêteté. Elle vient au palais aussi peu que possible. Comme je vous l'ai dit, elle déteste sortir et refuse toutes les invitations de la tsarine, à part peut-être une fois par an quand elle se sent vraiment obligée d'accepter.

— Cela ne risque-t-il pas de nuire à vos rapports avec la famille impériale ? s'inquiéta Danina. Cela ne met pas la tsarine en colère ?

— Pas que je sache. Si c'est le cas, elle est bien trop polie pour trahir ses sentiments. En fait, je crois qu'elle a compris que ma femme n'était pas quelqu'un de facile à vivre.

C'était la première fois qu'il lui donnait un aperçu de ce que sa vie conjugale était vraiment. En vérité, bien qu'ils eussent parlé de mille choses, elle ne savait rien de personnel sur lui, de sorte qu'elle l'avait imaginé entouré d'une famille chaleureuse et menant une existence comblée.

— Votre femme doit être très timide, suggéra-t-elle, charitable.

— Non, je ne crois pas.

Il esquissa un petit sourire triste. Alors qu'il se sentait extrêmement proche de Danina, tout les séparait, Mary et lui.

— Porter des tenues élégantes et des robes de soirée l'ennuie mortellement. Elle est très anglaise, en fait. Elle aime monter à cheval, chasser... Elle ne se sent vraiment bien que sur les terres de son père, dans le Hampshire. Tout le reste l'empoisonne.

Seule sa bonne éducation l'empêcha d'ajouter « moi y compris ». Depuis un bon moment déjà, Mary et lui étaient malheureux en ménage. Elle était froide et distante, très indifférente. Lui, chaleureux et ouvert, souffrait de ce caractère austère, d'autant plus que, lorsqu'elle était en colère, Mary n'hésitait pas à le traiter avec mépris de « petit chien du tsar ». Nicolas ne supportait plus de l'entendre se plaindre continuellement. Il n'était pas difficile de deviner pourquoi elle ne s'était pas fait d'amis en Russie ; elle était d'une nature si glaciale, si envieuse ! Même leurs fils commençaient à en avoir assez de ses reproches continuels. Elle n'avait qu'une envie : rentrer en Angleterre. Et elle attendait de Nicolas qu'il abandonnât son travail et toutes ses responsabilités pour la suivre — ce qui ne risquait pas d'arriver. Si jamais elle retournait définitivement dans son pays, ce serait sans lui, il l'avait prévenue.

— Pourquoi se plaît-elle si peu ici ? demanda Danina sans dissimuler sa curiosité.

— Elle dit que c'est à cause des hivers. Mais le temps n'est guère plus agréable en Angleterre, même si je reconnais qu'il fait plus froid ici. Elle n'aime ni les gens ni le pays. Elle déteste même notre nourriture.

Il sourit. C'était un vieux sujet de querelle entre eux.

— Elle supporterait mieux de vivre ici si elle apprenait le russe, observa Danina.

— J'ai essayé de le lui expliquer. En fait, c'est sa manière à elle de ne pas s'engager à rester ici. Tant qu'elle ne parle pas notre langue, elle n'est pas vraiment ici, ou du moins c'est ce qu'elle s'imagine. Mais cela ne lui facilite pas la vie.

Ses quinze années de mariage, et surtout les

quatre ou cinq dernières, avaient été assez pénibles pour lui, mais il n'alla pas jusqu'à l'expliquer à Danina. Il ne lui avoua pas non plus combien il se sentait seul. Ni combien il était heureux d'être là, à bavarder avec elle, et de pouvoir partager ses livres avec elle. S'il n'y avait pas eu les garçons, il aurait depuis longtemps laissé Mary retourner en Angleterre. Seuls leurs enfants les maintenaient ensemble, désormais.

— Pour tout arranger, reprit-il, le père de Mary l'effraie en lui parlant de la guerre. Il affirme qu'un jour il y aura une révolution en Russie ; il prétend que ce pays est trop vaste pour être gouverné efficacement et que le tsar est un homme faible, ce qui est ridicule. Mais elle, elle le croit. Son père a toujours été excessif.

Danina écoutait avec anxiété. Elle ne connaissait rien à la politique ; d'ordinaire, elle était trop occupée à danser pour s'inquiéter de ce qui se passait dans le monde.

— Vous croyez que c'est possible ? demanda-t-elle avec sérieux. Qu'il risque d'y avoir une révolution ?

Elle faisait entièrement confiance au jugement de Nicolas.

— Absolument pas ! affirma-t-il. Je ne pense pas que ce soit le moins du monde envisageable. La Russie et le tsar sont bien trop puissants pour qu'une révolution éclate. C'est seulement un nouveau motif qu'elle a trouvé pour demander à quitter le pays. Elle prétend que je mets la vie de nos enfants en danger. Son père a toujours eu une grande influence sur elle.

Il sourit à Danina. Il appréciait sa fraîcheur et son ouverture d'esprit. A l'école de danse, elle avait eu si peu de contacts avec le monde extérieur que tout était une découverte, pour elle. Et il se rendait compte qu'il prenait plaisir à lui faire partager son univers. Comparée à elle, Mary paraissait si fatiguée, si mécontente, si amère...

Autrefois, Mary avait été jolie, et elle s'était intéressée à beaucoup de choses. Ils avaient eu beaucoup de points communs. Elle avait été fascinée par la médecine et s'était passionnée pour la carrière de son mari. Mais aujourd'hui, elle lui enviait sa position au sein de la famille impériale et ne cessait de lui faire des reproches. Alors que Danina, elle, n'était jamais jalouse ou vindicative.

En cet instant, en tout cas, elle paraissait soulagée par ce qu'il lui avait dit sur la révolution.

— Vous croyez que la guerre sera bientôt finie ? s'enquit-elle.

Il lui sourit d'un air rassurant, bien que le nombre de morts et de blessés fût déjà très impressionnant et ne cessât de croître. Tout le monde s'était attendu à ce que le conflit ne durât que quelques semaines, mais cela faisait maintenant des mois qu'il se poursuivait.

— Je l'espère, dit-il simplement.

— Je suis inquiète pour mon père et mes frères, avoua-t-elle.

— Tout ira bien, pour eux comme pour nous tous.

Danina hocha la tête. Bavarder avec Nicolas lui faisait un bien fou.

Il resta encore un long, très long moment, puis enfin il déclara qu'il était temps qu'il rentre chez lui. Il ne pouvait repousser éternellement l'échéance.

— A demain, dit-il en partant.

Elle entendit son traîneau s'éloigner dans l'obscurité.

Elle songea à ce qu'il lui avait dit à propos de sa femme. Il lui avait paru triste lorsqu'il lui avait fait ces confidences ; il semblait pris au piège, et elle ne pouvait s'empêcher de se demander s'il n'y avait pas quelque chose à faire pour améliorer la situation. Peut-être devrait-il insister pour que Mary apprît le russe, ou l'accompagner en Angleterre de temps en temps. Danina était choquée que Mary Obrajensky ne voulût pas encourager le lien privilégié de son mari avec la famille impériale. C'était là une réaction difficile à comprendre. Mais peut-être la fatigue faisait-elle voir les choses en noir à Nicolas ? Oui, il était possible qu'il fût seulement un peu déprimé. La guerre semblait affecter le moral de beaucoup de gens. Il était possible que cela, ajouté à d'autres contrariétés, expliquât ses commentaires désabusés à propos de sa femme.

Jamais l'idée qu'il pût vouloir quelque chose d'elle ou qu'il pût la considérer autrement que comme une patiente et amie ne lui effleura l'esprit. Il était marié et il avait une famille. Et même s'il avait quelques problèmes avec son épouse, cela ne pouvait pas être si terrible que cela. Pour Danina, qui, depuis des années, contemplait le monde de loin, tout était très simple et les liens du mariage étaient sacrés. Elle était persuadée que Nicolas était plus heureux avec Mary qu'il n'en avait l'air et ne voulait bien l'admettre.

Durant les deux semaines qui suivirent, lors de ses visites, il ne parla plus de sa femme. Désormais, Danina parvenait à prendre ses repas à table, et un après-midi de janvier où il faisait beau, il l'emmena faire une courte promenade dans le jardin. L'air frais la revigora, et elle plaisanta avec Nicolas. Il prenait la vie trop au sérieux, le taquina-t-elle.

Il lui avait prêté de nombreux recueils de poèmes, et elle avait déjà terminé quatre de ses romans préférés.

Cette après-midi-là, Alexis vint prendre le thé avec elle. Nicolas se joignit à eux. Ensuite, ils jouèrent aux cartes, et Alexis gagna, à sa plus grande joie. Il poussa de grands cris outrés lorsque Danina l'accusa de tricher.

— Pas du tout ! protesta-t-il. Tu as très mal joué, Danina.

Il avait dit cela sur un ton posé, et elle affecta une mine outragée.

— Comment oses-tu ? J'ai joué admirablement. Et je reste persuadée que tu as triché.

Nicolas prenait plaisir à les observer et à assister à leurs discussions enjouées.

— Je n'ai pas triché, et si tu m'accuses, je m'en souviendrai quand je serai tsar et je te ferai couper la tête.

— Je ne pense pas qu'on fasse encore ce genre de choses, observa Danina en fronçant les sourcils. Si ? demanda-t-elle à Nicolas.

— Eh bien, moi, si je veux, je le ferai, décréta Alexis, visiblement enchanté par cette perspective. Et peut-être que je te ferai aussi couper les pieds, pour que tu ne puisses plus danser, et les mains, pour que tu ne puisses plus jouer aux cartes.

— Il n'y a pas grand risque pour que je fasse tout cela une fois décapitée, de toute façon. A mon avis, cela devrait suffire, fit valoir Danina en souriant.

— Dans le doute, je couperai le reste.

C'était, dans son esprit d'enfant, un projet délicieusement sanglant qui le ravissait. Puis, tout à coup, il jeta à son interlocutrice un regard acéré.

— Est-ce que je pourrai venir te voir danser un jour à Saint-Pétersbourg ? Quand tu retourneras là-bas, je veux dire. J'aimerais vraiment ça.

— Moi aussi, répondit-elle avec chaleur.

— Mais je ne veux pas que tu t'en ailles avant longtemps. En tout cas, pas tout de suite. Oh, au fait ! Maman m'a demandé de voir si tu étais en état de venir dîner. Elle peut, docteur ?

— Peut-être la semaine prochaine. Pour l'instant, il est encore un peu tôt.

Elle n'était arrivée que depuis deux semaines

et avait encore du mal à tenir debout. De plus, elle se fatiguait rapidement.

— De toute façon, je n'ai pas apporté de tenue habillée, observa-t-elle.

— Vous pourriez mettre votre chemise de nuit, je suis sûre que personne ne remarquerait rien.

— Quelle honte !

Elle éclata de rire à cette idée. Le problème, cependant, était réel : elle n'avait rien à mettre pour un dîner avec la famille impériale.

— Je suis sûre qu'une des sœurs d'Alexis pourra vous prêter quelque chose, la rassura Nicolas.

Les grandes-duchesses avaient à peu près la même taille qu'elle.

— Assisterez-vous au dîner ? lui demanda-t-elle.

Elle espérait que oui : ce serait plus facile pour elle, car elle se sentait merveilleusement à l'aise avec lui. Elle était très intimidée à l'idée de manger à la table du tsar.

— Probablement, répondit-il avec un sourire. Je n'ai encore entendu parler de rien, mais si cela tombe un soir où je suis de garde, je serai là.

Il savait qu'il pourrait toujours s'arranger pour être de garde. Le Dr Botkin et lui étaient assez souples dans leurs emplois du temps ; et, plus pressé que lui de rentrer chez lui après sa journée de travail, son collègue était toujours d'accord pour lui laisser les gardes du soir.

Finalement, Nicolas ramena Alexis au palais,

et Danina en profita pour aller faire la sieste. Quand elle se réveilla, elle eut la surprise de découvrir Nicolas debout au pied de son lit. Il fronçait les sourcils.

— Quelque chose ne va pas ? demanda-t-elle.

Le regard qu'il posait sur elle l'inquiétait, et elle se demandait ce qu'il signifiait.

— Je voulais seulement vérifier si tout allait bien, déclara-t-il. J'avais peur que vous n'ayez trop marché cette après-midi, car c'était votre première sortie dans le jardin.

— Je vais parfaitement bien, affirma-t-elle en s'asseyant.

Elle mourait d'envie de faire de l'exercice, mais elle savait qu'elle n'en avait pas encore la force. C'était extrêmement frustrant, et elle se demandait combien de temps il lui faudrait pour se remettre à niveau quand elle retournerait à l'école de danse. Elle craignait que tous ses muscles et ligaments n'eussent oublié qu'elle était danseuse.

— Je viens de dormir deux heures, et je me sens en pleine forme. Je me suis bien amusée avec Alexis, tout à l'heure.

— Il triche bel et bien aux cartes, vous savez. Il me bat toujours, déclara Nicolas avec un large sourire. Vous l'avez percé à jour, et il était ravi. Pendant tout le chemin du retour, il a parlé de votre décapitation, du sang qu'il y aurait partout et du plaisir qu'il aurait à assister à l'exécution.

— Je ne suis pas sûre que ce soit très rassurant pour l'avenir du pays, observa-t-elle avec humour.

Elle sourit à Nicolas, heureuse de sa compagnie. Puis elle lui demanda s'il allait dîner au palais, et il acquiesça : il était de garde, ce soir-là.

— J'essaierai de passer vous voir après, mais il risque d'être tard, et vous serez sans doute fatiguée, ce soir, après votre promenade dans le jardin.

Au même instant, l'infirmière entra, apportant le dîner de Danina sur un plateau.

La jeune femme se remettait très rapidement. Cette après-midi-là, elle avait reçu une lettre de Mme Markova, qui lui disait de prendre son temps et de ne pas revenir avant d'être guérie ; mais Danina se sentait tout de même terriblement coupable de ne pas danser.

Mme Markova lui donnait des nouvelles de tout le monde. Une autre danseuse avait souffert de la grippe, mais heureusement, elle avait été beaucoup moins malade qu'elle ; elle n'avait presque pas eu de fièvre et avait été remise sur pied en deux jours. Elle avait eu de la chance.

Le médecin s'attarda quelques instants pour bavarder avec elle puis, comme à contrecœur, il prit congé et partit dîner au palais. Assise dans son lit avec une tasse de thé, Danina songea à lui. C'était un homme très doux, chaleureux et généreux, et elle se réjouissait de son amitié. Sans son intercession, d'ailleurs, elle n'aurait jamais été là, dans l'une des luxueuses maisons du tsar, choyée par des domestiques et des infirmières. C'était extraordinaire de songer à la gentillesse dont tous avaient fait preuve à son égard. Elle avait une chance folle, non seulement d'avoir survécu à sa maladie, mais de pouvoir passer sa convalescence dans de telles conditions.

Il ne revint pas la voir ce soir-là, et elle en déduisit que le dîner avait dû se finir tard. A moins qu'Alexis ne se sentît pas bien, ou que Nicolas eût tout simplement dû passer plus de temps que prévu avec la famille impériale. Danina lut l'un des livres qu'il lui avait prêtés, et resta éveillée fort tard pour le terminer.

Elle venait juste de finir de s'habiller le lendemain matin lorsque Nicolas arriva pour prendre des nouvelles de sa patiente.

— Avez-vous bien dormi ? demanda-t-il avec sollicitude.

Elle sourit et affirma que oui, avant de lui rendre son livre et de lui dire combien elle l'avait apprécié. Il parut ravi et lui en donna trois autres qu'il avait apportés.

— La tsarine a parlé de vous, hier soir. Elle aimerait organiser un petit dîner en votre honneur, avec seulement quelques amis de Saint-Pétersbourg, rien de trop fatigant. Vous sentez-vous prête ?

Il avait prévenu la tsarine qu'il était sans doute encore un peu trop tôt. Mais Danina parut séduite par cette idée.

— Peut-être dans quelques jours... Qu'en pensez-vous, docteur ?

— Je pense que vous faites d'excellents progrès, dit-il avec un sourire. Simplement, je ne voudrais pas que vous vous épuisiez trop vite. Je vous emmènerai au palais moi-même, et je vous ramènerai ici dès que vous vous sentirez fatiguée.

— Merci, Nicolas, dit-elle avec douceur.

Ils allèrent ensuite se promener dans le jardin. Il faisait plus froid que la veille, et le vent glacial les obligea à battre en retraite au bout de quelques instants. Nicolas tenait toujours la main de Danina dans la sienne quand ils rentrèrent dans la maison, mais ni l'un ni l'autre ne semblait s'en rendre compte. Les joues de Danina étaient rose vif et elle avait les yeux brillants ; il se réjouit de voir qu'elle semblait en meilleure santé, même si elle était encore bien loin de pouvoir retourner à l'école de danse.

Elle avait commencé à faire des exercices une demi-heure par jour et le lui avait dit. Mais lui, dans son esprit, ne pensait pas la laisser repartir avant le mois d'avril. Il fallait qu'elle soit parfaitement bien et très forte avant même de l'envisager. Elle avait encore de longs mois de convalescence devant elle. Cependant, ni l'un ni l'autre ne trouvait cette perspective attristante. Bien sûr, ses camarades et professeurs de l'école de danse manquaient à Danina, mais en l'espace de quelques semaines, elle avait réussi à vraiment se sentir chez elle à Tsarskoïe Selo. Et maintenant, elle se réjouissait d'assister au dîner organisé par la tsarine.

Nicolas resta déjeuner avec elle ce jour-là et

la quitta peu après pour se rendre au palais. Comme souvent, il revint plus tard dans l'après-midi, et une fois encore après le dîner. C'était une routine familière qui leur convenait à tous les deux.

Le lendemain, il donna l'autorisation à la tsarine de lancer les invitations pour le dîner en l'honneur de Danina. Seuls les plus proches amis des souverains et quelques membres de la famille seraient présents, sans compter bien sûr les enfants. Le tsar était allé rejoindre ses troupes au front, et ne pourrait assister à la réception.

La semaine suivante, les grandes-duchesses envoyèrent Demidova, la femme de chambre de leur mère, porter quelques robes à Danina. Deux lui plurent plus que les autres. Elle était légèrement plus mince que les jeunes femmes, surtout depuis sa maladie, mais il suffit d'ajuster la ceinture de celle des deux robes qu'elle préférait pour qu'elle lui allât à la perfection.

C'était une robe en velours bleu bordé de zibeline, qui mettait merveilleusement bien en valeur sa silhouette longiligne. Elle était accompagnée d'un chapeau, d'une cape et d'un manchon assortis, ce qui permettrait à Danina de parcourir, dans le confort le plus absolu, le court trajet entre sa maison et le palais.

Lorsque le jour du dîner arriva, Danina ne tenait plus en place. Elle s'obligea à rester au lit toute l'après-midi afin de ménager ses forces, puis entreprit de s'habiller, avec l'aide d'une de ses servantes. Nicolas arriva sur ces entrefaites.

En l'attendant, il parcourut l'un des livres de poésie qu'il lui avait donnés et, avisant un samovar en argent posé sur la table, il se servit une tasse de thé brûlant. Désormais, il se sentait parfaitement à l'aise chez elle.

Il entendit bientôt un bruit dans le couloir, et il leva les yeux. Lorsqu'il découvrit Danina, superbe dans la robe bleue, il ne put s'empêcher de sourire avec admiration.

— Vous êtes magnifique ! s'exclama-t-il. Je crains que vous n'éclipsiez toutes les dames de la soirée, les grandes-duchesses et la tsarine y compris.

— J'en doute, mais c'est très gentil à vous de me dire ça, répondit-elle avec une profonde révérence, comme celles qu'elle avait coutume d'esquisser à la fin des spectacles.

Cependant, quand elle se releva doucement, elle sentit combien ses jambes étaient encore faibles.

Aucun mot n'aurait pu décrire ce qu'éprouvait Nicolas en cet instant, alors qu'il la regardait en silence. Il n'arrivait pas à croire que cette jeune fille exquise, si élégante, si gracieuse, si charmante, pût faire partie de sa vie. D'autant qu'il appréciait tout autant son esprit que sa beauté. Il n'avait jamais vu ou connu de femme comme elle.

— Vraiment, vous êtes splendide. On y va ?

Danina hocha la tête, et il l'aida à mettre la cape de zibeline sur ses épaules. Elle s'émerveilla une fois encore de la générosité des grandes-duchesses envers elle.

Dès qu'ils furent installés dans le traîneau de Nicolas, le médecin emmitoufla Danina avec soin dans une couverture moelleuse. C'était une nuit claire, glaciale ; les bougies allumées à toutes les fenêtres du palais rivalisaient avec les millions d'étoiles qui piquaient les cieux. Nicolas fit rapidement entrer Danina à l'intérieur et la conduisit à l'étage, dans un grand salon luxueusement décoré dans des tons clairs. Partout où elle posait les yeux, ce n'étaient que soieries, brocarts, marqueteries, marbres et bibelots précieux. Il s'agissait pourtant d'un salon bien moins officiel que beaucoup d'autres, et le feu qui brûlait dans la cheminée contribuait à créer une atmosphère chaleureuse, si bien qu'il ne fallut pas longtemps à Danina pour se sentir parfaitement à l'aise. Jamais elle n'avait été aussi heureuse qu'en cet instant, entourée par la famille impériale, Nicolas et quelques amis. Alexis accapara son attention pendant tout le dîner ; il avait demandé à être assis à côté d'elle, et Nicolas était de l'autre côté, afin de pouvoir veiller sur sa santé. Mais de fait, il constatait avec plaisir qu'elle semblait en pleine forme : son regard brillant n'exprimait que sa joie d'être là, joie que tous partageaient. Les amis de la tsarine s'émerveillèrent de sa beauté, de sa grâce et de sa gentillesse.

On parla de danse, bien sûr, mais ses interlocuteurs ne tardèrent pas à constater que sa culture s'étendait à d'autres domaines. Depuis quelques semaines, en effet, grâce à Nicolas, elle lisait énormément. Et elle paraissait absorber ce nouveau savoir sans difficulté, se souvenant de tout ce qu'elle lisait ou entendait. En l'écoutant parler, Nicolas se sentit étrangement fier d'elle, comme si elle avait été sa fille ou sa pupille.

Il l'autorisa à rester assez longtemps, mais à onze heures passées, lorsqu'il vit que son visage un peu pâle commençait à trahir sa fatigue et qu'elle était un peu moins animée, il jugea préférable de la ramener. Il glissa discrètement un mot à la tsarine puis souffla à Danina qu'il était temps de rentrer.

Cette première soirée avait été très réussie, et elle en avait apprécié chaque minute, mais elle ne discuta pas. Bien qu'elle rechignât à l'admettre, elle était épuisée. Malgré tout, elle souriait encore lorsque, bien installée dans le traîneau, elle rejeta la tête en arrière pour admirer les étoiles.

Il entra avec elle dans la maison et, l'espace d'un instant, il resta tout près d'elle, lui entourant les épaules d'un bras. Elle posa sa tête sur son épaule, un peu par fatigue, mais surtout parce qu'elle se sentait bien avec lui et lui était reconnaissante de tout ce qu'il avait fait pour elle.

— J'ai passé une merveilleuse soirée, Nicolas... Merci de m'avoir autorisée à y aller et d'avoir tout arrangé... Tout le monde a été si gentil avec moi ! C'était délicieux. Quel dommage que le tsar n'ait pas pu être là !

Elle sourit à son compagnon.

— Ils sont tous tombés amoureux de vous, ce soir, Danina, affirma-t-il. Le comte Orlovsky, en particulier, vous a trouvée tout à fait charmante.

L'intéressé, âgé de plus de quatre-vingts printemps, avait flirté éhontément avec elle toute la soirée, mais même sa femme avait trouvé cela amusant. De fait, il faisait son numéro de charme — et rien de plus — à toutes les jolies femmes qu'il croisait depuis soixante ans qu'ils étaient mariés, et elle en avait l'habitude.

— Alexis a été très déçu que je ne veuille pas jouer aux cartes avec lui, ce soir, dit-elle en ôtant sa cape.

C'était étrange, songea-t-elle fugitivement. Ils rentraient ensemble et commentaient la soirée comme un couple marié...

— Je n'ai pas voulu jouer avec lui pour ne pas être incorrecte vis-à-vis des autres, ajouta-t-elle.

— Ne vous inquiétez pas, vous aurez d'autres occasions de vous faire battre par Alexis ! Pourquoi pas demain, si vous en avez envie tous les deux ? Cela dit, j'ai bien peur qu'il ne soit très fatigué. Et vous, ajouta-t-il en lui jetant un regard inquiet, comment vous sentez-vous, Danina ?

Ses yeux bleus brillaient comme deux saphirs dans son visage de porcelaine lorsqu'elle lui répondit.

— Je me sens heureuse, et divinement bien. Je viens de passer la meilleure soirée de ma vie.

Elle lui sourit de nouveau, et il s'approcha doucement d'elle. Il portait toujours son lourd manteau.

— Vous êtes extraordinaire, Danina, une femme comme je n'en ai jamais rencontré, dit-il d'une voix douce en s'arrêtant tout près d'elle.

En cet instant, il avait totalement oublié qui elle était. Elle n'était plus Danina Petroskova, danseuse étoile, ni même sa patiente ou une amie, mais une femme qui lui faisait tourner la tête, qu'il avait appris à aimer au fil des jours, même s'il n'avait jamais osé espérer qu'il se passe quelque chose entre eux.

— Vous êtes vraiment merveilleuse, ajouta-t-il dans un murmure. Danina... Je vous aime...

Abasourdie, la jeune femme ouvrit de grands yeux, mais il ne lui laissa pas le temps de répondre. Déjà, il se penchait vers elle et l'embrassait. Il la prit dans ses bras, et elle fut surprise de constater combien il était fort et puissant. Sans réfléchir, elle se serra contre lui et lui rendit son baiser.

L'instant d'après, cependant, elle fit un pas en arrière et lui décocha un regard empli de terreur. Seigneur, qu'avaient-ils fait ? Et qu'allaient-ils faire à présent ? S'ils allaient plus loin, cela gâcherait tout...

— Je... Je ne... Nous ne pouvons pas... Nous ne *devons* pas, Nicolas... Je ne sais pas ce qui s'est passé...

Elle s'interrompit, des larmes de détresse dans les yeux, et il prit ses mains entre les siennes. C'était la première fois qu'elle embrassait un homme ou se laissait embrasser par un homme. A dix-neuf ans, elle avait l'impression qu'il venait d'ouvrir en elle une porte toujours demeurée close, et elle ne savait comment réagir.

— Moi, je sais très exactement ce qui s'est passé, Danina, dit-il.

Bien que parfaitement calme en apparence, il avait le cœur battant. Il était terrifié à l'idée de perdre Danina. Peut-être par ce geste téméraire l'avait-il éloignée de lui à jamais ? Non, impossible. C'eût été trop affreux...

— Je suis tombé amoureux de vous la première fois que j'ai posé les yeux sur vous à l'école de danse. Je pensais que vous ne passeriez pas la nuit, mais votre image me hantait, et elle m'a poursuivi pendant tout le temps qu'a duré votre maladie. Vous étiez comme un rêve de beauté et de grâce, un papillon blessé qui, je le craignais, ne serait pas épargné. Pourtant, à ce moment-là, je n'avais pas la moindre idée de qui vous étiez vraiment, je ne savais rien de vous... Il a fallu attendre que vous veniez ici et que nous commencions à parler longuement chaque jour pour que je vous découvre. Aujourd'hui, j'aime tout chez vous, votre esprit, votre courage, votre générosité de cœur... Danina, je ne peux pas vivre sans vous.

— Mais, Nicolas, vous êtes marié, dit-elle, les larmes aux yeux, le visage ravagé par le chagrin. Nous ne pouvons pas faire ça. Nous ne devons pas... Il faut oublier...

— Je ne suis marié que sur le papier. Vous le savez, vous l'avez certainement deviné après ce que je vous ai dit. Je n'ai jamais rien fait de semblable, avant... Je le jure... Vous êtes la première femme que j'aie jamais aimée. Je ne suis pas sûr que Mary et moi ayons vraiment été amoureux l'un de l'autre. Pas comme cela, en tout cas. Et certainement pas maintenant. Danina, je vous le jure... Elle me hait.

— Peut-être que vous vous trompez, que vous ne comprenez pas réellement ses sentiments ni combien elle est malheureuse de vivre en Russie. Vous devriez peut-être essayer de la suivre en Angleterre.

La jeune femme arpentait la pièce d'un pas nerveux, à présent, agitée et désespérée, et Nicolas avait plus que jamais peur de la perdre. Il avait senti, dès l'instant où il l'avait embrassée, qu'elle partageait ses sentiments, qu'elle l'aimait elle aussi. Mais il devinait que cela lui faisait peur.

S'immobilisant, elle se tourna vers lui et prononça les mots qu'il redoutait.

— Je dois retourner à Saint-Pétersbourg. Vous devez me laisser partir. Je ne peux pas rester ici.

— Impossible ! Vous n'êtes pas assez forte pour vivre dans ces lieux froids et austères, ni pour danser de nouveau. Vous devez impérativement vous reposer pendant encore plusieurs mois, sans quoi vous retomberez malade. Les conséquences pourraient être désastreuses, insista-t-il, les larmes aux yeux. Je vous en supplie, ne partez pas.

Il ne pouvait supporter d'envisager une séparation.

— Je ne peux pas rester près de vous... Nous

saurons tous les deux désormais quel terrible secret nous portons dans nos cœurs. L'adultère, même en pensée, est un affreux péché pour lequel nous serons punis...

— J'expie déjà depuis quinze ans une faute que je n'ai pas commise. Vous ne pouvez pas me condamner éternellement à cette existence cauchemardesque, Danina !

— Qu'êtes-vous en train de me dire ? s'exclama-t-elle en portant la main à sa bouche avec horreur.

— Que je ferais n'importe quoi pour vous. Je suis prêt à quitter ma femme, ma famille...

— Vous ne devez pas faire une chose pareille, ni même en parler. Je ne supporte pas cette idée. Nicolas, pensez à vos enfants ! s'exclama-t-elle, en larmes.

Lui aussi pleurait lorsqu'il lui répondit :

— J'ai pensé à eux des centaines de fois depuis que je vous ai rencontrée. Mais ce ne sont plus des bébés. Ils ont douze et quatorze ans, dans quelques années ils seront des hommes, et je ne peux pas, uniquement à cause d'eux, passer le restant de mes jours avec une femme que je ne supporte plus. Pas plus que je ne puis renoncer à la seule femme que j'aie jamais aimée. Danina, ne fuyez pas, je vous en prie... Restez ici avec moi... Je ne ferai rien sans votre accord, je vous le promets.

— Alors, vous ne devez plus parler de tout cela. *Jamais.* Nous devons tous les deux oublier ce que vous m'avez dit, si nous le pouvons. Je ne peux être pour vous autre chose que ce que je suis aujourd'hui : une patiente et une amie. Votre vie est ici, auprès du tsar et de votre famille, et la mienne est à l'école de danse. Je ne peux pas me donner à vous. Ma vie appartient à la scène, et il en ira ainsi jusqu'au jour où je serai trop vieille pour danser, et alors, je me consacrerai aux plus jeunes, comme Mme Markova.

— Etes-vous en train de me dire qu'il faut vivre en religieuse pour être danseuse ?

C'était la première fois qu'il l'entendait s'exprimer là-dessus, bien qu'il sût depuis longtemps qu'elle n'avait jamais été amoureuse.

— Mme Markova dit qu'une vie impure, une vie tournée vers les hommes détourne l'attention de la danse. On ne peut pas être à la fois une grande danseuse et une catin.

Elle s'était exprimée si crûment qu'il ne put retenir une petite exclamation de surprise.

— Je ne vous suggérais pas de devenir une catin, Danina ! s'insurgea-t-il. Je vous expliquais que je vous aimais et que je voulais vous épouser, si Mary acceptait de divorcer.

— Et moi, je vous réponds que je ne peux pas. J'appartiens à la danse. C'est toute ma vie, tout ce que je connais, ce pour quoi je suis née. Et je ne vous laisserai pas gâcher votre vie pour moi.

— Vous êtes née pour aimer et être aimée, comme nous tous, et pour être entourée par un mari et des enfants, pas pour danser dans des salles pleines de courants d'air, pour vous éreinter et mettre votre santé en péril jusqu'au jour de votre mort ou jusqu'à ce que vous soyez trop usée pour être bonne à quoi que ce soit... Vous méritez mieux que cela, et c'est ce que je souhaite vous donner.

— Mais vous ne pouvez pas, rétorqua-t-elle d'une voix de nouveau altérée par le désarroi. Vous n'êtes pas en mesure de m'offrir ce qui ne vous appartient plus. Et si Mary refusait le divorce ?

— Elle serait heureuse de retourner en Angleterre. Elle n'hésiterait pas à divorcer, si cela lui garantissait sa liberté.

— Et le scandale ? Le tsar ne pourrait plus vous garder à son service. Vous seriez en disgrâce ! Je ne vous laisserai pas faire cela. N'y pensez plus.

Ses joues étaient baignées de larmes alors qu'elle prononçait ces mots.

— J'oublierai tout ce que nous nous sommes dit ce soir, déclara-t-il avec difficulté, si vous acceptez de rester ici. Vous avez ma promesse solennelle.

C'était là une promesse qui lui coûtait plus qu'il n'aurait pu le dire. Mais il n'avait pas le choix.

— D'accord.

Elle poussa un long soupir et lui tourna le dos, la tête baissée, tandis qu'il la regardait, mourant d'envie de la prendre dans ses bras. Elle avait l'air désespérément malheureuse, mais ce n'était rien comparé à ce que lui-même éprouvait.

— Je réfléchirai, je verrai si je peux rester.

Elle ne put se résoudre à le regarder.

— Vous devez partir, à présent.

Il ne voyait pas son visage, mais seulement son dos très droit, sa tête au port altier, ses cheveux de jais qui tombaient en cascade sur ses épaules. Il mourait d'envie de perdre ses doigts dans cette chevelure, de serrer Danina contre lui.

— Bonne nuit, Danina, dit-il d'une voix pleine de regret et de désir.

Quelques instants plus tard, elle entendait la porte se refermer sur lui. Elle se retourna vers le battant, le corps secoué de sanglots.

Elle n'arrivait pas à croire ce qui s'était passé entre eux, ce qu'il lui avait dit. Elle l'aimait aussi, elle le savait, et c'était peut-être là le pire. Il était marié, et elle ne pouvait le laisser gâcher sa vie, courir le risque de perdre son travail et ses enfants à cause d'elle. Elle l'aimait trop pour cela. Et elle, de son côté, avait des obligations vis-à-vis de l'école de danse. Elle ne se souvenait que trop bien de toutes les mises en garde de Mme Markova. Cette dernière lui avait toujours dit qu'elle était différente des autres, qu'elle n'avait pas besoin d'un homme, qu'elle devait demeurer pure, vivre pour son art et grandir à travers lui. Il fallait qu'elle fît passer la danse avant tout le reste, et c'était ce qu'elle avait toujours fait, jusqu'à maintenant.

Mais voilà que tout à coup, avec Nicolas, elle se rendait compte que les choses pouvaient être différentes. Vivre à son côté, ce serait être heureuse à jamais... Hélas, elle ne s'autoriserait pas ce bonheur s'il coûtait à Nicolas tout ce qu'il aimait, tout ce qu'il avait mis des années à bâtir. Elle ne le laisserait pas tout sacrifier.

Elle savait qu'il aurait été plus sage de rentrer à Saint-Pétersbourg, après cette déclaration d'amour, mais elle ne pouvait envisager de quitter Nicolas. Elle ne concevait pas de ne plus le voir chaque jour, pas plus que lui n'imaginait pouvoir se passer d'elle. A présent, ils devaient faire comme si rien ne s'était passé. Ce serait loin d'être facile, mais elle était bien décidée à réussir.

Elle entra dans sa chambre et entreprit de se déshabiller. Ses genoux tremblaient si violemment qu'elle dut s'asseoir. Elle ne cessait de repenser au baiser que Nicolas et elle avaient échangé. Ce qu'elle éprouvait pour lui était si fort que c'en était effrayant. Et pourtant, elle savait qu'ils ne pourraient jamais être ensemble.

Mais si elle restait, songea-t-elle, ils auraient au moins la possibilité de se voir.

Un long moment, elle fixa son reflet dans le miroir de sa coiffeuse, songeant à lui, et se demandant comment ils allaient faire pour se fréquenter comme deux amis. Ce serait tout sauf facile...

4

Les deux jours suivants, Nicolas ne vint pas la voir, et il ne se rendit pas non plus au palais. Mais finalement, il lui envoya deux nouveaux livres et un message expliquant qu'il avait attrapé un mauvais rhume et n'avait pas voulu risquer de le lui transmettre. Il la verrait dès qu'il serait guéri.

Danina ignorait s'il disait la vérité ou non, mais quoi qu'il en fût, cet éloignement lui convenait parfaitement. Il leur donnait à tous deux le temps de reprendre la maîtrise d'eux-mêmes et d'essayer d'oublier ce qui s'était passé.

Malgré tout, privée de ses visites, elle se surprit à errer comme une âme en peine dans sa petite maison. Elle s'efforçait de dormir mais n'y parvenait pas, et quand arriva le premier soir, elle souffrait d'un douloureux mal de tête, pour lequel elle refusa obstinément de prendre un remède. Ses infirmières s'étonnèrent de la voir d'aussi méchante humeur et si agitée ; elle leur présenta mille excuses et rendit sa migraine responsable de son état.

Au soir du deuxième jour, elle était si déprimée qu'elle arriva à peine à avaler son dîner. Elle se demandait si Nicolas était en colère contre elle, s'il regrettait ce qu'il lui avait dit, s'il avait parlé sous l'influence de l'alcool sans qu'elle s'en fût rendu compte, si elle le reverrait jamais. Elle pouvait réussir à enfouir leur secret et à ne plus jamais y faire allusion ; mais elle réalisait soudain qu'elle ne pourrait supporter, en revanche, de ne plus le voir.

Quand il vint, enfin, lui rendre visite, elle était dans son petit salon et regardait tristement la neige tomber par la fenêtre en pensant à lui. Elle ne l'entendit pas approcher et se tournait machinalement vers la porte, les joues baignées de larmes, lorsque soudain elle le découvrit sur le seuil. Alors, sans réfléchir, elle courut se jeter dans ses bras et lui dit combien il lui avait manqué. Sur l'instant, il fut un peu déstabilisé ; il se demanda si cela signifiait qu'elle avait changé d'avis et était prête à aller de l'avant avec lui, ou si simplement son absence lui avait semblé longue.

— Vous m'avez manqué aussi, répondit-il d'une voix encore rauque.

Elle comprit alors que son rhume n'avait pas été un simple prétexte, mais qu'il avait bel et bien été malade, et elle fut soulagée qu'il ne lui eût pas menti.

— Enormément, ajouta-t-il en lui souriant.

Cette fois, néanmoins, il ne commit pas l'erreur de l'embrasser. Après ce qu'elle lui avait dit deux jours plus tôt, il était bien décidé à ne plus faire le moindre geste sans y avoir été invité au préalable. Elle, de son côté, ne chercha pas non plus à l'embrasser. Elle se dirigea vers le samovar et remplit une tasse de thé, qu'elle lui tendit. Sa main tremblait, mais elle arborait un large sourire.

— Je suis si contente que vous ayez été malade ! Euh... Non, ce n'est pas ce que je voulais dire...

Pour la première fois depuis deux jours, elle rit de bon cœur, et il se joignit à elle. Ils s'assirent côte à côte dans le salon.

— J'avais peur que vous ne vouliez pas me voir, avoua-t-elle.

— Vous savez qu'il n'en est rien, répondit-il en posant sur elle un regard qui disait à la jeune femme tout ce qu'elle avait envie d'entendre mais ne pouvait l'autoriser à lui dire. Je ne voulais pas vous donner mon rhume, voilà tout. Mais maintenant, je me sens beaucoup mieux.

— Je m'en réjouis, affirma-t-elle.

Elle se sentait un peu mal à l'aise en sa présence mais ne pouvait détacher son regard de son visage. Il lui paraissait plus beau que jamais, tout à coup, encore plus grand et plus fort que dans son souvenir. Etrangement, elle avait l'impression qu'il lui appartenait désormais, et il ne lui en était que plus précieux, même s'ils devaient toujours se refuser ce qu'ils désiraient tous deux plus que tout.

— Avez-vous été très malade ? demanda-t-elle avec une sollicitude qui le toucha.

Elle était incroyablement jolie dans sa robe de laine rose, et elle avait l'air plus jeune encore que dans son souvenir. En velours bleu et zibeline, elle avait semblé très adulte, très femme, mais soudain, il se retrouvait face à une jeune fille, ce qui ne faisait que décupler l'envie qu'il avait de l'embrasser. Hélas, il savait qu'il ne pouvait pas.

— Pas autant que vous l'avez été, Dieu merci. Et tout va bien, à présent.

— Vous n'auriez pas dû sortir dans la neige, le morigéna-t-elle.

Il lui sourit en réponse.

— Je voulais aller voir Alexis, déclara-t-il.

Mais elle lisait dans son regard une tout autre explication. Plus encore qu'Alexis, c'était elle qu'il avait eu envie de voir.

— Resterez-vous déjeuner ? demanda-t-elle poliment.

Il hocha la tête en souriant.

— Avec plaisir.

En cet instant, tous deux étaient persuadés qu'ils s'en sortiraient. Oui, ils parviendraient à passer du temps ensemble, exactement comme ils l'avaient fait jusque-là, sans jamais divulguer leur secret, sans même en parler entre eux.

En revanche, Danina commençait déjà à se demander ce qui se passerait lorsqu'elle retournerait à Saint-Pétersbourg, dans un mois ou deux. Nicolas l'oublierait-il, ou viendrait-il la voir ? Leur relation deviendrait-elle un simple souvenir, et leur amour disparaîtrait-il avec les dernières traces de la grippe qui les avait rapprochés ? Elle avait du mal à concevoir qu'ils pussent être loin l'un de l'autre...

Ils parlèrent longtemps ; elle lui rendit certains de ses livres, et il promit de repasser la voir ce soir-là avant de rentrer chez lui. Quand il la quitta, tout semblait redevenu normal.

Pourtant, il ne revint pas ce soir-là et lui envoya un message pour s'excuser : Alexis n'était pas bien, et Nicolas allait passer la nuit au palais en compagnie du Dr Botkin. En raison de son hémophilie, l'enfant devait être surveillé de près, et Nicolas estimait nécessaire de rester à son côté.

Danina comprenait parfaitement, et elle se mit au lit avec un livre, heureuse d'avoir vu Nicolas plus tôt dans la journée. Ses deux jours d'absence, après leur difficile discussion, l'avaient mise à la torture. D'ailleurs, sa migraine avait disparu comme par enchantement dès qu'elle l'avait vu.

Elle fut heureuse lorsque, le lendemain matin, il vint prendre son petit déjeuner avec elle. Cependant, elle avait conscience de la tension presque palpable qui régnait entre eux. Bien qu'ils eussent décidé de ne plus parler de ce qu'ils éprouvaient, la vie entière de Danina était désormais centrée autour des visites de son compagnon, et lui-même se sentait mal dès qu'il était loin d'elle. Malgré cela, Danina était bien décidée à dompter ses sentiments, à jamais si besoin était ; et si Nicolas craignait de plus en plus de ne pas y parvenir, il s'efforçait de son mieux de se maîtriser et de ne pas trahir ses inquiétudes, de peur de la perdre.

Ce jour-là, il lui parla longuement d'Alexis, et expliqua en détail à Danina la nature de sa maladie. Cela les conduisit à discuter de la joie d'avoir des enfants ; il lui dit qu'elle ne devait pas se l'interdire et qu'il était certain qu'elle serait une mère extraordinaire. Mais elle se contenta de secouer la tête et de lui rappeler qu'elle était vouée à la danse. De nouveau, il lui dit qu'il trouvait son entêtement aussi déraisonnable que malsain.

— Mme Markova ne me le pardonnerait jamais si je partais, répondit-elle avec calme. Elle nous a consacré toute sa vie, et elle attend de moi que je suive son exemple.

— Pourquoi vous plus que les autres ?

Elle rit et, pour la première fois depuis des jours, une étincelle de malice brilla dans son regard.

— Parce que je suis la meilleure !

Un large sourire éclaira les traits de Nicolas.

— Et la plus modeste aussi, la taquina-t-il. Mais vous avez raison : vous êtes la meilleure danseuse que j'aie jamais vue. Ce qui ne signifie pas que vous deviez sacrifier toute votre existence à votre art.

— Faire partie du corps de ballet, ce n'est pas seulement de la danse, Nicolas. C'est un mode de vie, un engagement de l'âme, presque une religion.

— Vous êtes complètement folle, Danina Petroskova, mais je vous aime.

Les mots lui avaient échappé, et il lui jeta un rapide coup d'œil, terrifié ; mais elle ne dit rien. Elle savait que ce n'était qu'un accident, et elle était bien décidée à l'ignorer.

La neige avait cessé de tomber, après deux jours de chutes ininterrompues, et ils sortirent dans le jardin. Quelques instants plus tard, elle le bombardait de boules de neige. Nicolas avait le cœur gonflé d'amour. Jamais il ne pourrait lui faire comprendre combien il aimait être avec elle, combien il appréciait sa jeunesse d'esprit et sa fougue, sa passion pour tout ce qui la touchait. C'était une jeune femme extraordinaire.

Quand il prit congé pour rentrer chez lui et se changer, après sa nuit passée auprès de son petit patient, ils étaient de nouveau à l'aise l'un avec l'autre. Le nuage menaçant qui avait assombri leur univers durant les derniers jours semblait s'être dissipé, et tous deux avaient l'impression qu'ils parviendraient à accepter les restrictions que Danina leur imposait.

Une semaine plus tard, leur relation était redevenue parfaitement détendue et sereine. Nicolas venait voir Danina au moins deux fois par jour, et plus souvent encore lorsqu'il le pouvait. Il prenait fréquemment ses déjeuners et dîners avec elle et arrivait parfois assez tôt pour partager également son petit déjeuner. En raison du mauvais temps, ils restaient le plus souvent à l'intérieur. Vers la fin du mois de janvier, la température commença à remonter légèrement. La santé de Danina s'améliorait elle aussi : elle reprenait des forces, même si elle était encore loin de pouvoir retourner à l'école de danse. D'ailleurs, elle n'insistait pas pour repartir. A son arrivée, elle avait supplié Mme Markova de la laisser revenir au bout d'un mois, mais elle avait fini par se rendre aux arguments de Nicolas, qui estimait préférable qu'elle restât jusqu'en mars ou avril. Quand elle écrivit de nouveau à Mme Markova, elle lui dit qu'elle acceptait de rester à Tsarskoïe Selo, décision qui fit autant plaisir à la directrice de l'école qu'à la tsarine, qui se réjouissait d'avoir la jeune fille auprès d'elle.

Les grandes-duchesses venaient fréquemment prendre le thé avec elle, lorsqu'elles n'étaient pas occupées à l'hôpital ou en cours avec leurs précepteurs. Et Alexis adorait jouer aux cartes avec elle. Ce fut lui, d'ailleurs, qui lui annonça qu'elle devait absolument assister au bal que donnaient ses parents le 1er février, le premier depuis bien longtemps. La tsarine avait pitié de ses filles, qui passaient leur temps à soigner des blessés et ne s'étaient pas amusées depuis des mois, et elle avait convaincu son mari qu'un bal ferait du bien à tout le monde. Après avoir parlé de cette soirée à Danina, Alexis alla trouver sa mère pour lui dire qu'il voulait que la jeune danseuse soit invitée.

La tsarine lui répondit que rien ne lui ferait plus plaisir et, sans attendre la réponse de Danina, elle lui envoya un certain nombre de robes à essayer, comme elle l'avait fait pour le dîner organisé en son honneur. Mais cette fois, il s'agissait d'un bal et les robes qu'elle avait sélectionnées étaient plus somptueuses les unes que les autres ; et lorsqu'elle les découvrit, Danina en eut le souffle coupé.

Il y avait du satin, de la soie, des velours et des brocarts... C'étaient des tenues faites pour une reine, ou une tsarine, et Danina était gênée à l'idée de les porter. En fin de compte, elle opta pour une robe en satin blanc dont le bustier était brodé d'or et qui épousait si parfaitement sa taille de guêpe qu'elle la faisait ressembler davantage à une fée qu'à une ballerine. Elle avait l'air, déclara Alexis lorsqu'elle essaya la robe devant lui, d'une princesse de conte de fées.

La cape de satin blanc, qui complétait la tenue, était brodée d'or elle aussi et doublée d'hermine ; l'ensemble était royal et, avec ses cheveux très sombres et sa peau de porcelaine, Danina était plus belle que jamais. D'une certaine manière, elle avait l'impression de porter un costume de scène, mais jamais au cours de sa carrière elle n'avait eu l'occasion d'en essayer un aussi beau ; c'était un véritable rêve.

Nicolas paraissait content qu'elle assistât au bal. Comme toujours, il lui recommanda de ne pas s'épuiser et de se retirer dès qu'elle commencerait à sentir la fatigue. Mais il ne voyait pas d'objection à ce qu'elle participe à la soirée du tsar, et il lui proposa de l'y conduire lui-même, comme il l'avait fait pour le dîner.

En raison de la guerre, la famille impériale

avait réduit au minimum toutes les réunions mondaines, si bien que ce bal apparaissait aux yeux de tous comme un événement exceptionnel. D'autant qu'il était impossible de savoir quand aurait lieu le suivant. Le tsar devait revenir du front spécialement pour y assister, et tout le monde se réjouissait à l'avance de sa présence.

— Votre femme ne viendra-t-elle pas ? C'est vraiment une occasion très particulière, observa Danina comme Nicolas et elle discutaient avec animation de la soirée.

Il secoua la tête avec contrariété. En d'autres temps, il aurait dit à Mary combien il était grossier de sa part de refuser l'invitation des souverains, mais cette fois, en vérité, il s'en moquait.

Danina, de son côté, s'était déjà promis de danser avec lui une fois ou deux, s'il l'invitait, mais de rester tout à fait détachée. Beaucoup de choses s'étaient passées depuis qu'il lui avait fait sa déclaration, deux semaines plus tôt, et, à présent, ils semblaient en être revenus à une amitié confortable et sereine.

— Bien sûr que non, dit Nicolas en réponse à sa question. Elle a horreur des bals... Elle ne s'intéresse qu'aux chevaux et aux activités équestres.

Puis il changea de sujet et lui confia en souriant qu'Alexis lui avait dit qu'elle n'était « pas mal du tout » dans la robe que sa mère lui avait prêtée.

Mais ce « pas mal du tout » n'avait pas préparé Nicolas au choc qu'il reçut lorsque Danina sortit de sa chambre dans la robe de satin blanc brodée d'or, la cape doublée d'hermine sur les épaules. Elle avait l'air d'une jeune reine. Ses cheveux remontés sur sa tête révélaient de délicates boucles d'oreilles en perles, seul souvenir qu'elle eût hérité de sa mère. Quelques mèches ondulées s'échappaient de son chignon pour encadrer son visage.

Ebahi, Nicolas ne dit rien pendant un long moment. Il était bouleversé et priait pour que sa compagne ne s'en aperçût pas.

— Vous pensez que cette robe me va ? demanda-t-elle avec nervosité.

— Je ne sais pas quoi vous répondre. Je n'ai jamais vu de femme aussi resplendissante que vous en cet instant.

— Vous dites des bêtises ! s'exclama-t-elle en souriant avec timidité. Mais merci quand même. C'est une jolie robe, n'est-ce pas ?

— Sur vous, oui.

Elle avait une taille de guêpe, et le décolleté de la robe était parfait, suffisamment profond pour être séduisant sans pour autant être vulgaire. Personne n'aurait pu trouver à redire à sa tenue. Quant à son cavalier, il avait fière allure, lui aussi, avec son habit.

Ensemble, ils partirent pour le palais Catherine, où avait lieu la soirée. Ce palais se trouvait également sur les terres de Tsarskoïe Selo ;

il était bien plus grandiose et richement décoré que le palais Alexandre, où vivaient les souverains, et la tsarine préférait l'utiliser pour les réceptions officielles, même si, depuis le début de la guerre, il était en partie occupé par l'hôpital où étaient soignés les soldats blessés. Le palais, à l'origine dessiné par Rastrelli, avait été entièrement redécoré par la Grande Catherine, et son toit en or étincelant lui donnait une allure opulente et intimidante.

Même au milieu des princes, des princesses et des riches invitées couvertes de bijoux, Danina fit sensation. Tout le monde voulait savoir qui elle était, d'où elle venait, et pourquoi c'était la première fois qu'on la voyait à une réception du tsar. Plusieurs jeunes nobles la prirent pour une princesse. Son port de tête altier et la grâce de ses mouvements attiraient l'attention de tous. Aussi, dès qu'elle vit la tsarine, Danina s'empressa-t-elle de la remercier discrètement pour la tenue qu'elle lui avait prêtée.

— Il faut que vous gardiez cette robe, ma chère petite. Aucune d'entre nous ne la portera jamais aussi bien que vous.

Danina sentit que la souveraine était sincère et fut profondément touchée de sa gentillesse et de sa générosité.

Le dîner, prévu pour quatre cents invités, fut donné dans la salle d'argent. Les messieurs se retirèrent ensuite quelque temps dans le célèbre cabinet d'ambre, puis tout le monde rejoignit la grande galerie pour danser. Ce fut une soirée merveilleuse. Danina ne s'était pas sentie aussi bien depuis sa maladie ; le seul fait d'être là l'emplissait d'enthousiasme. C'était une nuit dont elle voulait se souvenir à jamais, dont elle voulait graver chaque détail dans sa mémoire.

Quand Nicolas l'entraîna sur la piste de danse, elle sentit son cœur s'emballer. Pas un seul instant, cependant, elle ne s'autorisa à penser à ce qu'il lui avait dit deux semaines plus tôt. Ce chapitre de leur vie était clos. Il ne restait plus entre eux que de l'amitié et une saine camaraderie, du moins essayait-elle de s'en convaincre.

Pourtant, ce qu'elle lisait dans le regard de Nicolas, alors qu'il la guidait dans une valse, était bien différent. Il paraissait terriblement fier d'elle, et la façon dont il la maintenait contre lui, aussi étroitement que la décence l'y autorisait, en disait long sur ce qu'il éprouvait. Même le tsar fit une remarque à sa femme, lorsqu'il les vit danser ensemble.

— J'ai bien peur que Nicolas ne soit tombé sous le charme de notre jeune visiteuse, observa-t-il d'un ton badin.

— Je ne pense pas, très cher, répondit son épouse.

Elle les avait souvent vus ensemble et ne trouvait rien d'inconvenant à l'amitié qui les liait.

— C'est dommage qu'il soit marié avec cette épouvantable Anglaise, souligna tout de même le tsar.

Elle ne put qu'acquiescer ; elle non plus n'appréciait guère Mary Obrajensky.

— Je suis persuadée que seule la santé de Danina le préoccupe, affirma-t-elle néanmoins, plus naïve que son mari.

— Elle est ravissante dans cette robe. Est-ce l'une des tiennes ?

La tsarine portait ce soir-là une magnifique robe en velours rouge, rehaussée d'une parure de rubis ayant appartenu à la mère du tsar et qui lui allait à merveille. C'était une très belle femme, et il l'aimait profondément. Tous deux se réjouissaient qu'il soit revenu et puisse, l'espace de quelques heures tout du moins, oublier le terrible conflit.

— En fait, elle appartient à Olga, mais Danina la porte si bien que je lui ai dit de la garder.

— Elle a une silhouette parfaite. (Il sourit à sa femme.) Mais toi aussi, mon amour. Je trouve les rubis de Mère superbes, sur toi.

— Merci, répondit-elle en lui rendant son sourire.

Ils ne tardèrent pas à quitter la piste de danse pour aller converser avec leurs invités. La soirée était très réussie. Nicolas et Danina dansèrent presque toute la nuit. Il était difficile de croire qu'elle eût jamais été malade car, dans les bras du médecin, elle se sentait plus légère que jamais. A minuit, cependant, il insista pour qu'elle s'asseye et se repose un peu avant de s'épuiser totalement. Elle obéit à regret ; elle s'amusait tant qu'elle aurait aimé ne jamais cesser de danser.

Il lui apporta une coupe de champagne et sourit en la lui tendant. Les joues de Danina étaient roses de plaisir et ses yeux semblaient plus bleus que jamais. Sa poitrine ronde et blanche se soulevait au rythme de sa respiration, et Nicolas dut faire un effort pour en arracher son regard. Enfin, n'y tenant plus, il invita de nouveau la jeune femme à danser, et ils se remirent à virevolter sur la piste. Danina avait l'air plus heureuse que jamais.

— Je suis un bien piètre garant de votre santé, observa Nicolas alors qu'ils enchaînaient valse sur valse.

Il avait l'impression que cette soirée ne finirait jamais, qu'il resterait pour toujours dans les bras de Danina. Il n'avait dansé qu'une fois avec Mary, se remémora-t-il avec une ironie amère — le jour de leur mariage.

— Je devrais vous forcer à rentrer chez vous et à vous reposer, mais je n'arrive pas à m'y résoudre. J'ai bien peur que vous ne soyez malade d'épuisement, demain.

— Ça en vaut la peine, affirma-t-elle avec un petit rire cristallin.

Tout comme lui, elle aurait voulu que la magie ne s'arrête jamais.

Il était plus de trois heures lorsqu'ils partirent enfin, parmi les derniers, après que Danina eut remercié chaleureusement leurs hôtes pour cette réception inoubliable. Le tsar et la tsarine la remercièrent d'être venue. Ils espéraient, dirent-ils, qu'en dansant et en restant aussi tard elle n'avait pas mis sa santé en danger.

— Je passerai la journée au lit demain, promit-elle.

La tsarine acquiesça. Elle ne voulait pas que la jeune femme retombe malade à cause du bal.

Quand Nicolas et elle montèrent dans le traîneau pour rentrer, Danina était toujours aux anges. La nuit était superbe, le ciel criblé d'étoiles, et tandis qu'ils glissaient sur la neige, elle se remémorait la soirée. Plusieurs messieurs l'avaient invitée à danser, et elle avait accepté avec grâce, mais de fait, elle avait passé le plus clair de son temps à danser avec Nicolas, et elle devait reconnaître que c'étaient les moments qu'elle avait préférés. Elle commentait encore le bal d'une voix joyeuse lorsqu'ils arrivèrent chez elle ; Nicolas entra à sa suite et l'aida à ôter sa cape. Une fois encore, il ne put s'empêcher de regarder Danina avec admiration. Pour lui, elle était la plus belle femme du monde.

— Voulez-vous boire quelque chose ? proposa-t-elle avec aisance.

Elle était trop surexcitée pour dormir, et ne voulait pas que tout se termine déjà. Nicolas partageait son sentiment et se servit un cognac, qu'il alla déguster devant le feu que les domestiques avaient entretenu pour qu'ils le trouvent à leur retour. Danina le surprit en s'asseyant à ses pieds, la splendide robe étalée en corolle autour d'elle, et en appuyant sa tête contre lui. Elle pensait à la soirée et, le regard perdu dans le vide, elle souriait d'un air rêveur. Lui, pendant ce temps, lui caressait doucement les cheveux en silence.

— Je n'oublierai jamais cette soirée, dit-elle doucement.

— Moi non plus, répondit-il en effleurant son bras du bout des doigts, avant de poser la main sur son épaule.

Elle leva les yeux vers lui et sourit.

— Je suis si heureux quand je suis avec vous, Danina, avoua-t-il.

Il craignait d'aller trop loin de nouveau, de l'offenser. Mais il était bien difficile de se contrôler tout le temps, de ne jamais avouer les sentiments qui le consumaient !

— Moi aussi, Nicolas. Nous avons eu beaucoup de chance de nous rencontrer.

Elle était sincère et ne disait pas cela par cruauté, mais bien pour célébrer leur amitié. Elle n'avait pas conscience de rendre les choses plus difficiles encore pour lui.

— Avec vous, je retrouve mes rêves, dit-il d'une voix sourde. Des rêves auxquels j'ai renoncé il y a des années de cela.

A trente-neuf ans, il avait l'impression d'avoir déjà vécu toute une vie. Une vie d'espoirs sacrifiés, d'illusions perdues, de déceptions. Et, maintenant, avec elle il retrouvait le rêve, même s'il savait qu'ils ne pourraient le partager.

— J'adore être avec vous.

Il se sentait trop loin d'elle, tout à coup, et se laissa glisser sur le sol. Assis côte à côte, ils contemplèrent le feu, songeant à leurs rêves. Nicolas posa un bras sur les épaules de Danina.

— Je veux ne jamais vous blesser, Danina,

murmura-t-il avec douceur. Je veux que vous soyez toujours heureuse.

— Je suis heureuse ici, répondit-elle avec sincérité.

Et elle avait été heureuse à l'école de danse. En vérité, elle n'avait jamais été vraiment malheureuse, en dépit de la discipline de fer qu'elle s'était toujours imposée. Toute sa vie avait été placée sous le signe de la passion.

Elle se tourna vers son compagnon et vit des larmes dans ses yeux. Elle avait cru en déceler déjà lorsqu'il était arrivé pour la chercher, au début de la soirée, mais elle n'en avait pas été certaine ; cette fois, en revanche, elle savait qu'elle ne se trompait pas.

— Etes-vous triste, Nicolas ? demanda-t-elle avec compassion.

Elle savait que la vie n'était pas facile, pour lui. Bien qu'elle refusât d'en parler avec lui, elle devinait qu'il était malheureux chez lui, auprès d'une femme qui ne l'aimait pas.

— Un petit peu, peut-être... Mais je suis avant tout heureux d'être ici avec vous.

— Vous méritez plus que cela.

Elle se rendait compte qu'il exigeait bien peu d'elle et qu'il lui ouvrait son cœur entièrement. Tout à coup, elle se sentit très injuste vis-à-vis de lui. Par égoïsme, elle lui avait imposé le silence ; afin de ne pas être trop mal à l'aise, elle l'avait forcé à dissimuler ses sentiments.

— Vous méritez d'être parfaitement heureux. Vous êtes si généreux envers tout le monde, à commencer par moi !

— Ça, c'est facile. Je regrette seulement de ne pas avoir davantage à vous offrir. La vie est cruelle, parfois, n'est-ce pas ? On trouve exactement ce que l'on cherche, mais trop tard pour pouvoir en profiter...

— Peut-être n'est-il pas trop tard, répondit-elle dans un souffle.

Il n'osa pas lui demander ce qu'elle voulait dire par là ; il se contenta de la regarder et lut dans ses yeux une invitation, un amour si grand qu'il était impossible de se méprendre.

— Je ne veux pas vous faire de mal... ou vous troubler... Je vous aime trop pour cela, dit-il en s'efforçant, par amour pour elle, de juguler ses sentiments.

— Je vous aime, Nicolas, répondit-elle simplement.

Et cette fois, sans hésitation, il la prit dans ses bras et l'embrassa. C'était tout ce dont ils avaient rêvé. Cette fois, ils étaient prêts ; ils en avaient envie, besoin tous les deux.

Ils s'embrassèrent longuement devant le feu, et il la tint dans ses bras jusqu'à ce que les flammes commencent à baisser.

— Viens... Tu vas attraper froid, mon amour, murmura-t-il enfin en la voyant réprimer un frisson. Je vais te mettre au lit et m'en aller.

Il la conduisit dans sa chambre.

— As-tu besoin que je t'aide à enlever ta robe ?

Celle-ci était difficile à ôter seule, et Danina hocha la tête avec un petit sourire.

Doucement, après avoir délacé le bustier, il

souleva les flots de satin blanc de la jupe et la fit passer par-dessus la tête de Danina. Debout en sous-vêtements au milieu de la pièce, avec son corps fin et délié de danseuse, elle avait l'air d'une très jeune fille ; ses grands yeux semblaient dévorer son visage, tandis qu'elle posait sur Nicolas un regard à la fois innocent et plein de désir.

— Il est trop tard pour que tu rentres chez toi, observa-t-elle à voix très basse.

Elle ne savait pas vraiment comment s'exprimer, ni par où commencer. Elle n'avait jamais rien fait de tel. Mais elle n'arrivait pas à concevoir de se passer de lui plus longtemps.

— Qu'essaies-tu de me dire ? demanda-t-il d'un air un peu inquiet, craignant d'avoir mal compris sa pensée.

— Reste avec moi. Nous ne sommes pas obligés de faire quoi que ce soit si nous ne le souhaitons pas. Je veux seulement que tu restes ici, près de moi.

C'était là sa place, ils le savaient tous les deux à présent.

— Oh, Danina..., dit-il avec douceur.

Il sentait qu'une nouvelle vie commençait. Pour tous deux, le moment était plein de promesses.

— J'ai tellement envie d'être avec toi.

C'était son rêve le plus cher depuis qu'il la connaissait, et surtout depuis qu'elle avait emménagé ici. Et il comprenait à présent que c'était pour cela qu'il avait tout fait pour qu'elle soit invitée à Tsarskoïe Selo.

Ils se déshabillèrent, et un moment plus tard ils étaient dans le grand lit confortable, blottis sous les couvertures. Levant les yeux vers lui dans l'obscurité, Danina pouffa comme une écolière.

— Pourquoi ris-tu ? demanda-t-il, toujours à voix basse comme si quelqu'un risquait de les entendre.

Mais il n'y avait plus personne dans la maison à cette heure-là. Ils étaient entièrement seuls avec leur secret et leur amour.

— Ça me paraît simplement amusant... J'avais si peur de ce que j'éprouvais pour toi... et de ce que je savais de tes sentiments. Et maintenant, nous voilà, comme deux vilains garnements.

— Pas vilains, mon amour. Béats. Peut-être que nous avons le droit d'être heureux, après tout. Peut-être est-ce notre destin. Danina, je n'ai jamais aimé aucune femme comme je t'aime.

Là-dessus, il l'embrassa avec douceur et fermeté, et leur passion les emporta. Il lui apprit tout ce qu'elle ignorait, tout ce qu'elle n'aurait jamais cru connaître un jour dans ses bras. Avec lui, elle découvrit des facettes de l'amour dont elle n'avait jamais soupçonné l'existence. Et lorsque, enfin, elle s'endormit, il la serra contre lui et sourit, remerciant les dieux pour leur générosité.

— Bonne nuit, mon amour, chuchota-t-il avec reconnaissance avant de sombrer à son tour dans le sommeil.

5

A partir de ce moment-là, leur amour s'épanouit comme un champ de fleurs sauvages en été. Comme auparavant, il venait la voir tous les jours, mais désormais il restait bien plus longtemps, aussi longtemps que le lui permettaient ses devoirs envers la famille impériale. Et la nuit, lorsqu'on n'avait plus besoin de lui au palais, il retournait auprès d'elle et dormait avec elle. Il avait dit à sa femme qu'il devait désormais rester en permanence au palais pour veiller sur Alexis. A son habitude, elle avait paru totalement indifférente et n'avait pas émis d'objection.

Danina n'avait jamais été aussi heureuse. Tout ce qu'il lui apprenait la liait à lui un peu plus chaque jour. Ils s'offraient l'un à l'autre corps et âme et n'avaient pas de secrets l'un pour l'autre. Ils partageaient leurs rêves, leurs espoirs, leurs peurs. Leur seule véritable terreur était de devoir un jour se séparer. Ils n'avaient toujours pas réussi à imaginer ce qu'il adviendrait d'eux lorsque Danina retournerait à Saint-Pétersbourg, même si tous deux savaient que son départ était inévitable. Après cela, ils devraient penser sérieusement à leur avenir et agir. Nicolas n'avait encore rien dit à sa femme. Pour l'instant, ils souhaitaient seulement profiter du moment présent, avant de provoquer des drames.

Février passa à la vitesse de l'éclair, suivi par mars. Danina était là depuis trois mois lorsque enfin elle parla, à contrecœur, de retourner à l'école de danse. Même Mme Markova commençait à trouver le temps long et lui avait demandé quand elle comptait reprendre les cours. Il lui faudrait des mois pour revenir au niveau qu'elle avait atteint avant sa maladie. Comparés à la discipline à laquelle elle était habituée à l'école, les quelques exercices qu'elle avait faits chaque jour étaient dérisoires.

Finalement, la mort dans l'âme, elle promit de retourner à Saint-Pétersbourg à la fin du mois d'avril, bien que la perspective de quitter Nicolas lui brisât le cœur.

Ils en parlèrent sérieusement un jour, en fin d'après-midi, trois semaines avant la date prévue pour le départ de Danina. Nicolas pensait que le moment était venu de parler à Mary et de lui suggérer de retourner en Angleterre avec les enfants. Les mensonges devaient cesser.

— Que penses-tu qu'elle dira ? s'inquiéta Danina.

— Je crois qu'elle sera soulagée, répondit-il avec honnêteté.

Il en était même sûr. En revanche, il n'était pas certain qu'elle accepte de divorcer. Il préférait ne pas lui parler de Danina, s'il pouvait l'éviter. Il avait assez de raisons de quitter sa femme de toute façon pour ne pas vouloir compliquer les choses.

— Et les garçons ? Te laissera-t-elle les voir ? demanda Danina.

C'était ce qui l'avait inquiétée dès le départ, avant même qu'ils n'entament leur liaison, ce qui l'avait fait tant hésiter jusqu'au moment où elle avait compris qu'elle ne pouvait enrayer la marche du destin.

— Je ne sais pas, avoua-t-il. Je risque de devoir attendre qu'ils soient plus âgés pour pouvoir les voir.

Il avait prononcé ces mots avec un chagrin visible, et le cœur de Danina se serra.

— Et toi, quand parleras-tu à Mme Markova ? demanda-t-il à son tour.

— Quand je serai à Saint-Pétersbourg, répondit-elle en s'efforçant de refouler la vague de panique qu'elle sentait monter en elle chaque fois qu'elle pensait à la directrice.

Elle avait l'impression de la trahir. Mme Markova avait placé tant d'espoirs en elle, elle lui avait tant donné qu'elle serait anéantie si Danina abandonnait la danse. Mais pour la jeune femme, tout avait changé à présent. Sa vie appartenait à Nicolas, elle ne pouvait plus l'ignorer.

Par miracle, seules les servantes semblaient s'être aperçues de ce qui se passait entre eux, et elles s'étaient montrées remarquablement discrètes jusque-là. Aucun membre de la famille impériale n'avait fait le moindre commentaire, et même Alexis, qui passait beaucoup de temps avec eux, ne paraissait pas s'être rendu compte de l'évolution de leurs relations.

Au cours des trois dernières semaines du séjour de Danina, ses rapports avec Nicolas se teintèrent d'une sorte d'urgence désespérée. Ils avaient passé ensemble des moments merveilleux, magiques, idylliques ; mais c'était terminé. Ils allaient devoir entamer une nouvelle phase de leur existence, et cela inquiétait Danina. Si elle quittait l'école de danse pour être avec Nicolas, où vivrait-elle, et qui l'entretiendrait ? Et si Nicolas et Mary divorçaient, le scandale qui s'ensuivrait inévitablement ne risquait-il pas de coûter au médecin son poste auprès de la famille impériale ? Cela faisait beaucoup de problèmes à résoudre, même si Nicolas avait promis à Danina de lui trouver un toit et de lui donner de quoi vivre. Elle ne voulait pas être un fardeau pour lui et estimait préférable de rester à l'école de danse jusqu'à ce que Mary soit partie en Angleterre.

Finalement, Nicolas décida de parler à sa femme après le départ de Danina, afin de protéger cette dernière des suites éventuelles de cette discussion. Cela leur semblait à tous deux une sage décision. Il promit de venir la voir à l'école de danse dès qu'il le pourrait pour lui dire ce qui s'était passé, après quoi ils pourraient faire des projets d'avenir. De plus, Mme Markova aurait besoin de temps pour remplacer Danina ; en dépit de sa longue absence, elle comptait tout de même sur elle pour des représentations plus tard dans la saison. Il était même possible, avait expliqué Danina à Nicolas, qu'elle eût à attendre la fin de l'année pour s'en aller, ce qu'il avait fort bien compris.

Ils s'étaient juré de passer autant de temps que possible ensemble, mais tous deux savaient qu'ils allaient être très occupés. Danina devrait, en effet, reprendre des cours intensifs ; par chance, elle se sentait en pleine forme, à présent, et plus heureuse qu'elle ne l'avait jamais été. Son amour pour Nicolas et les promesses qu'ils avaient échangées la remplissaient d'un bonheur sans bornes.

Malgré tout, leur dernière semaine ensemble fut horriblement douloureuse pour tous les deux. Voulant profiter de leurs derniers instants, ils étaient inséparables, et, pour la première fois, la tsarine remarqua combien ils étaient proches et songea que les observations de son mari étaient fondées. Plus elle les observait et plus elle était convaincue que Nicolas et Danina étaient amoureux l'un de l'autre. Elle fit part de ses réflexions au tsar, de nouveau en visite au palais, un soir qu'ils discutaient paisiblement avant de se coucher.

— Je ne le blâme pas, fit valoir le souverain. Elle est charmante.

Pendant ce temps, dans la petite maison,

Nicolas et Danina profitaient, le cœur serré, d'une de leurs dernières nuits d'amour.

— Crois-tu qu'il va quitter sa femme pour elle ? demanda la tsarine.

Elle commençait en effet à se poser des questions. Son mari lui répondit qu'on ne pouvait jamais savoir jusqu'où leur folie conduisait les gens.

— Et s'il le fait, cela te posera-t-il un problème ?

Le tsar réfléchit un moment à la question, indécis.

— Tout dépendra de sa façon d'agir. S'il se montre discret, cela ne devrait pas poser de problème. Si cela provoque un scandale terrible qui affecte tout le monde, nous devrons y réfléchir.

C'était une réaction sensée, et la tsarine fut soulagée. Elle ne voulait pas qu'Alexis perde son médecin préféré. En même temps, elle se demandait si Danina allait abandonner la danse. Bien que très jeune, elle était la danseuse étoile la plus célèbre de son école. La souveraine songea que, pour elle, cesser de danser serait un peu comme quitter le voile pour une religieuse, une décision particulièrement difficile à prendre. Elle ne doutait pas par ailleurs que Mme Markova fît tout son possible pour convaincre Danina de rester à l'école. Elle plaignait Danina de tout son cœur, tout en espérant que les choses se passeraient bien pour Nicolas et elle s'ils décidaient de se lancer dans une nouvelle vie ensemble. Au cours des mois que Danina avait passés près d'eux, toute la famille impériale s'était beaucoup attachée à elle.

La veille de son départ, la tsarine organisa un petit dîner en son honneur en présence des enfants, de quelques amis proches, des deux médecins d'Alexis et de quelques personnes qui avaient rencontré et apprécié Danina pendant sa convalescence. La jeune danseuse avait les larmes aux yeux lorsqu'elle les remercia tous, et elle jura de revenir. La tsarine lui demanda de leur rendre visite à Livadia durant l'été, comme elle l'avait fait l'année précédente avec Mme Markova, et son mari et elle promirent de venir assister à l'un de ses spectacles dès qu'elle pourrait de nouveau se produire.

— Je t'apprendrai vraiment à nager, cette fois, lui dit Alexis avant de lui faire cadeau d'un objet auquel, elle le savait, il tenait énormément.

C'était une petite grenouille en jade de Fabergé, qu'il aimait beaucoup car il la trouvait très amusante. Mais il n'hésita pas à la lui offrir, maladroitement emballée dans un dessin qu'il avait fait pour elle. Les grandes-duchesses lui avaient chacune écrit un poème et elles lui remirent des aquarelles peintes à son intention, ainsi qu'une photographie la représentant avec eux tous. Danina était encore très émue lorsque, enfin, Nicolas et elle repartirent pour leur dernière nuit ensemble.

— Je ne supporte pas l'idée de te quitter demain, dit-elle tristement comme ils demeuraient immobiles, dans les bras l'un de l'autre, après avoir fait l'amour.

Elle n'arrivait pas à croire que son séjour fût arrivé à son terme. Ils avaient beau se répéter qu'une nouvelle vie s'annonçait pour eux, ils avaient peur et savaient que la séparation serait douloureuse.

A son arrivée, Nicolas lui avait fait cadeau d'un petit pendentif en or contenant une photographie de lui. Il y ressemblait tant au tsar que Danina s'était un instant demandé si c'était bien lui, mais il lui avait affirmé que oui, et elle avait promis de toujours porter ce bijou quand elle ne serait pas en train de danser.

Leurs dernières heures ensemble furent une torture pour eux, et tous deux pleurèrent lorsqu'il la conduisit jusqu'au train. Saint-Pétersbourg n'était pas loin, et Danina avait refusé que Nicolas l'accompagne, de peur qu'en les voyant ensemble Mme Markova ne devine instantanément ce qui s'était passé entre eux. Elle avait souvent l'impression que la directrice de l'école de danse était omnisciente et dotée de pouvoirs surnaturels. Nicolas s'était donc résigné à la laisser faire le trajet seule et avait décidé d'aller parler cette après-midi-là à Mary. Il promit à Danina de lui faire savoir aussitôt le résultat de cette discussion.

Debout sur le quai, tous deux avaient le cœur en miettes. Une page se tournait, une page qu'ils avaient pris un plaisir immense à écrire. Lorsque le sifflet retentit, Danina monta dans le train et resta penchée à la fenêtre aussi longtemps qu'elle le put. Nicolas, le regard plongé dans le sien, lui faisait de grands signes, qu'elle lui rendait d'une main tandis que, de l'autre, elle serrait en tremblant le pendentif qu'elle portait autour du cou. Au moment où le train avait démarré, il lui avait crié qu'il l'aimait, et ils s'étaient embrassés si souvent avant de partir que leurs lèvres en étaient meurtries. Ils faisaient penser à deux enfants arrachés à leurs parents, et Danina se rappela le jour où son père l'avait déposée à l'école de danse. Elle était tout aussi terrifiée aujourd'hui, peut-être plus encore.

Quand elle arriva à Saint-Pétersbourg, Mme Markova l'attendait sur le quai de la gare. Elle paraissait encore plus grande et plus mince que dans le souvenir de Danina, et elle lui parut plus intimidante que jamais. Danina la trouva également vieillie, et cela renforça l'impression qu'elle avait de s'être absentée pendant des siècles.

Mme Markova l'embrassa. Danina sourit ; en dépit de tout ce qui lui était arrivé ces derniers mois, la directrice lui avait beaucoup manqué.

— Tu as l'air en forme, Danina. Heureuse et reposée.

— Merci, madame. Tout le monde a été formidable avec moi.

— C'est ce que j'ai cru comprendre en lisant tes lettres.

Il y avait une sécheresse, une certaine dureté dans sa voix que Danina avait oubliée. C'était cette intransigeance presque palpable qui poussait tout le monde à l'école à se dépasser, à aller au-delà de ses capacités pour la satisfaire, mais Danina ne put s'empêcher de déplorer cette froideur, tandis qu'ensemble elles prenaient une voiture. Pour essayer de dissimuler son malaise, elle lui raconta ses aventures avec la famille impériale, mais elle avait l'impression que Mme Markova était mécontente d'elle. Elle n'en regretta que plus cruellement encore la vie qu'elle avait menée à Tsarskoïe Selo, même si elle savait qu'il était temps pour elle de retourner à ses obligations.

— Quand reprendrai-je les cours ? demanda-t-elle en regardant la ville familière défiler par la portière.

— Demain matin. Je te suggère de commencer tes exercices cette après-midi pour te préparer. Je suppose que tu n'as rien fait pour maintenir ton niveau pendant ta convalescence ?

Elle supposait bien et ne parut guère ravie lorsque Danina hocha la tête d'un air penaud.

— Le médecin n'estimait pas cela prudent, expliqua-t-elle faiblement.

Elle ne prit même pas la peine de mentionner sa demi-heure d'exercice quotidienne : elle savait que, pour la maîtresse du ballet, ce n'était qu'un effort négligeable.

Mme Markova regardait droit devant elle, silencieuse, et la tension s'accrut encore entre elles.

Le cœur de Danina se serra lorsqu'elle vit le vieux bâtiment familier. On l'avait remise dans son ancienne chambre mais, loin d'avoir l'impression de rentrer chez elle, elle se sentait tout à coup étrangère entre ces murs et avait plus que jamais une conscience aiguë et douloureuse de la distance qui les séparait, Nicolas et elle. Elle n'arrivait pas à envisager de passer une nuit sans lui, mais elle n'avait pas le choix. Tous deux avaient de longues routes à parcourir séparément avant de pouvoir, enfin, se retrouver, peut-être pour toujours.

Au départ, elle avait envisagé de parler tout de suite de ses projets à Mme Markova, mais elle se ravisa, jugeant préférable d'attendre d'avoir eu des nouvelles de Nicolas et la confirmation du départ de Mary pour l'Angleterre. Tout dépendrait de la vitesse à laquelle les choses avanceraient... Pour se remonter le moral, il lui suffisait de songer au pendentif qui reposait contre sa peau nue, sous son chemisier.

Tout le monde était en cours, en train de s'échauffer ou de faire des exercices, lorsqu'elle arriva, et la chambre spartiate qu'elle avait quittée quatre mois plus tôt était vide. Elle lui paraissait étrange à présent, et pitoyablement laide. Elle passa un justaucorps et mit ses chaussons de danse, puis elle se hâta de descendre et de rejoindre la salle où elle s'échauffait d'ordinaire. Lorsqu'elle entra, elle vit Mme Markova, calmement assise dans un coin, qui regardait les autres. Sa présence mit Danina légèrement mal à l'aise, mais elle se dirigea néanmoins vers la barre et entreprit de s'échauffer. Elle fut abasourdie de constater à quel point elle était raide et combien ses mouvements étaient maladroits. Ses membres semblaient avoir leur volonté propre et refusaient de faire ce qu'elle leur demandait.

— Tu vas devoir beaucoup travailler, Danina, observa sévèrement Mme Markova.

La jeune femme hocha la tête avec embarras.

En l'espace de quatre mois, son corps était devenu son ennemi. Il ne faisait plus rien de ce qu'elle attendait de lui. Et dans la nuit, tous les muscles qu'elle avait fait travailler ce jour-là pour la première fois depuis sa maladie se rappelèrent brutalement à elle. Elle souffrait tellement qu'elle put à peine dormir, et lorsqu'elle se leva le lendemain matin, elle pensa un instant qu'elle n'arriverait pas à descendre l'escalier.

Tout cela n'était rien, cependant, comparé aux exercices rigoureux qui l'attendaient. Dès cinq heures, l'échauffement commença. A six, elle eut son premier cours, et elle travailla ensuite jusqu'à neuf heures du soir. Durant tout ce temps, Mme Markova ne la quitta pas du regard.

— Tu n'as pas reçu ton don pour le gâcher, lui dit-elle durement à l'issue de la première leçon.

Elle la prévint ensuite plus sèchement encore qu'elle ne retrouverait jamais son ancien niveau si elle ne se poussait pas au-delà de ses limites. Puis elle ajouta :

— Si tu n'es pas prête à payer ton succès en larmes de sang, Danina, alors tu ne le mérites pas.

Elle était visiblement furieuse de tout ce que la jeune femme avait perdu durant ses mois d'absence, et elle lui rappela sans aménité ce soir-là que sa place de première danseuse étoile ne lui était pas due, mais qu'il s'agissait d'un honneur qu'elle devrait mériter de nouveau si elle voulait la regagner.

Danina était en larmes lorsqu'elle alla se coucher, et elle pleura de nouveau à plusieurs reprises le lendemain. Enfin, le deuxième soir, épuisée comme elle ne l'avait jamais été, elle s'assit et écrivit une lettre à Nicolas pour lui dire l'épreuve qu'elle traversait et combien il lui manquait, plus qu'elle ne l'aurait cru possible avant de le quitter.

La torture se poursuivit pendant des jours, et à la fin de la première semaine, Danina regrettait amèrement d'être revenue à l'école de danse, surtout si elle devait la quitter bientôt. A quoi bon s'épuiser ainsi ? Qu'avait-elle à se prouver si elle savait qu'à terme elle retrouverait Nicolas et cesserait de danser ? Mais elle avait le sentiment de devoir à ses professeurs et à Mme Markova de finir sa carrière honorablement, et, même si cela devait la tuer, elle était décidée à donner le maximum d'elle-même.

A la fin de la deuxième semaine, Mme Markova la convoqua. Danina se demanda ce que cela signifiait. En treize ans, elle avait rarement pénétré dans le bureau de la directrice, mais toutes celles qui l'y avaient précédée en étaient ressorties en larmes, parfois pour quitter définitivement l'école quelques heures plus tard. Etait-ce ce qui allait lui arriver à elle aussi ?

Mme Markova était assise très droite derrière sa table de travail, et elle regarda durement sa protégée pendant un long moment avant de parler.

— Je sais parfaitement ce qui t'est arrivé. Tout, ta façon de danser, de travailler, me le dit. Bien sûr, tu n'as pas à m'avouer quoi que ce soit, Danina, si tu ne le souhaites pas.

Danina avait eu l'intention de tout lui raconter, au contraire, mais pas ainsi, pas déjà, pas avant d'avoir eu des nouvelles de Nicolas. Pour l'instant, il ne lui avait pas écrit, et cela l'inquiétait.

Parfois, Mme Markova avait raison, son amour pour Nicolas l'empêchait de se concentrer sur la danse. Elle ne pouvait plus se donner entièrement à son art comme elle l'avait fait par le passé. Mais ce qui lui arrivait était davantage mental que physique, et elle était abasourdie que la directrice s'en fût rendu compte.

— Je ne suis pas certaine de comprendre ce que vous voulez dire, madame. Je travaille très dur depuis mon retour.

Il y avait des larmes dans ses yeux lorsqu'elle prononça ces mots ; elle n'avait pas l'habitude d'être réprimandée ou d'entendre Mme Markova critiquer son travail. La directrice avait toujours été fière d'elle, et soudain, il était clair qu'elle ne l'était plus. Elle paraissait même furieuse.

— Oui, tu travailles dur. Mais pas assez dur. Tu travailles sans âme, sans esprit. Je te l'ai toujours dit : si tu n'es pas prête à consacrer chaque parcelle de ton âme, chaque goutte de ton sang, chaque battement de ton cœur à la danse, tu n'arriveras à rien. Ne perds pas ton temps. Va vendre des fleurs dans la rue, au moins tu pourras te rendre utile. Il n'y a rien de pire qu'une danseuse qui ne donne rien.

— J'essaie, madame. J'ai été absente pendant longtemps. Je ne suis pas encore aussi forte qu'autrefois.

Ses joues étaient baignées de larmes à présent, mais le visage de Mme Markova, loin de trahir la moindre pitié, n'était que dédain et colère. Elle donnait l'impression d'avoir été flouée par Danina.

— C'est de ton cœur que je parle. De ton âme. Pas de tes jambes. Tes jambes reviendront. Mais pas ton cœur, si tu l'as laissé ailleurs. Tu dois faire un choix, Danina. A moins que tu ne veuilles être comme toutes les autres. Avant, tu étais différente... Tu ne peux pas avoir les deux, être avec un homme, ou des hommes, et demeurer une grande danseuse étoile. Crois-moi, aucun homme ne mérite que tu lui sacrifies ta carrière. Aucun ne vaut la danse. Ils finissent toujours par vous décevoir, exactement comme toi tu me déçois maintenant en trichant avec toi-même. Tu as perdu le feu sacré. Tu n'es plus qu'une coquille vide, une petite danseuse de corps de ballet. Tu n'es plus une étoile.

C'était le coup de grâce et, en entendant ces mots, Danina sentit son cœur se briser.

— Ce n'est pas vrai. J'ai toujours l'étincelle d'autrefois, il faut seulement que je travaille plus dur, c'est tout.

— Tu as oublié ce que c'est que travailler

dur. Tu t'en moques. Il y a désormais quelque chose dans ta vie que tu aimes plus que la danse. Je le vois, je le sens. Tu danses de façon pitoyable.

Un frisson d'horreur parcourut Danina. Elle leva la tête vers son interlocutrice et comprit aussitôt qu'elle ne pourrait jamais avoir de secrets pour elle : Mme Markova lisait en elle comme dans un livre ouvert.

— C'est bien un homme, n'est-ce pas ? De qui es-tu tombée amoureuse ? Pour qui es-tu prête à gâcher toute ta vie ? Veut-il de toi, au moins ? Tu es une sotte de tout sacrifier pour lui !

Il y eut un long silence. Danina réfléchissait afin de déterminer ce qu'elle était prête à révéler à la directrice.

— C'est quelqu'un de très bien, déclara-t-elle enfin, et nous nous aimons.

— Tu es une catin, maintenant, comme toutes les autres, les petites traînées qui veulent danser et s'amuser en même temps, et pour qui tout cela ne signifie rien ! Tu devrais danser sur les trottoirs de Paris, pas au Mariinsky. Tu n'as pas ta place ici. Je te l'ai toujours dit, tu ne peux pas te permettre d'être comme elles si tu veux vraiment réussir. Tu dois choisir, Danina.

— Je ne peux pas faire une croix sur ma vie privée à jamais, madame, quel que soit mon amour pour la danse. Je veux être une grande danseuse, je veux vous rendre justice, je veux que vous soyez fière de moi... Mais je l'aime aussi.

— Dans ce cas, tu devrais partir maintenant. Ne nous fais pas perdre notre temps, à tes professeurs et à moi. Personne ne veut de toi ici, à moins que tu ne redeviennes celle que tu étais avant. Tu dois choisir, Danina. Et si c'est lui que tu choisis, tu auras pris la mauvaise décision, je te le garantis. Il ne te donnera jamais ce que tu as connu ici. Tu n'éprouveras jamais plus le sentiment unique qui t'envahit après un spectacle particulièrement réussi, quand tu sais que personne n'oubliera jamais ton interprétation d'un rôle. Tu te souviens ? Avant de partir, tu étais inoubliable. Maintenant, tu n'es plus qu'une petite danseuse de rien du tout.

Danina avait du mal à en croire ses oreilles. Pourtant, c'étaient là des mots familiers. Elle avait déjà entendu Mme Markova exprimer son opinion. Pour elle, la danse était une religion à laquelle il fallait consacrer toute sa vie. C'était ce qu'elle avait fait, elle, et ce qu'elle attendait de tous ceux qui entraient dans son école. Danina avait toujours suivi ses préceptes à la lettre, mais maintenant elle ne le pouvait plus. Elle voulait que sa vie soit davantage qu'une longue quête de la perfection artistique.

— Qui est cet homme ? demanda enfin la directrice. Non que cela ait une grande importance, remarque...

— C'est important pour moi, madame, intervint Danina avec respect.

Elle estimait toujours qu'elle pouvait faire les deux — terminer honorablement sa carrière de danseuse et aller rejoindre Nicolas, dès qu'il serait prêt.

— Que compte-t-il faire de toi ?

— Sa femme, répondit-elle dans un murmure.

Mme Markova esquissa une grimace écœurée.

— Alors que fabriques-tu ici ?

Mais c'était trop compliqué à expliquer, et Danina n'en avait vraiment pas envie.

— Je souhaitais finir d'abord ma carrière auprès de vous, peut-être même rester jusqu'à l'année prochaine, si vous voulez bien de moi, si je travaille assez dur pour faire de nouveaux progrès.

— A quoi bon ?

A cet instant, Mme Markova plissa les yeux d'un air méfiant, prouvant à Danina qu'elle était aussi perspicace que la jeune ballerine l'avait toujours soupçonné.

— Est-il déjà marié ?

Il y eut une fois de plus un long silence. Danina ne répondit pas.

— Tu es encore plus sotte que je ne le croyais ! Pire que ces petites catins. La plupart d'entre elles se débrouillent au moins pour décrocher un mari, pour devenir grosses et laides et faire des enfants. Les hommes ne valent rien, Danina. Tu gâches ton talent pour quelqu'un qui a déjà une épouse ! Ça me rend malade. Je ne veux plus en entendre parler. J'exige que tu travailles, à présent, Danina, comme autrefois, comme je sais que tu es capable de le faire, comme tu dois le faire ; et dans deux mois, je veux que tu me dises que c'est terminé, que tu as compris que ta vie est et sera toujours ici. Tu dois tout sacrifier pour atteindre ce but, Danina, tout. Alors seulement cela en vaudra la peine, et tu connaîtras le véritable amour. C'est la danse ton amour, ton seul amour. Cet homme ne représente rien pour toi. Il ne te fera que du mal. Retourne travailler, maintenant, conclut-elle en la renvoyant d'un petit geste méprisant de la main.

Danina quitta aussitôt le bureau et retourna en classe, tremblante à cause de tout ce que Mme Markova lui avait dit.

Voilà donc le sacrifice qu'elle attendait d'elle : elle voulait qu'elle abandonne tout, même Nicolas. Cela, Danina ne pouvait s'y résoudre. Elle ne le souhaitait pas. Mme Markova n'avait pas le droit d'exiger autant d'elle. Elle ne voulait pas être comme elle à soixante ans et n'avoir pas de vie privée, pas de mari, pas d'enfants, rien sinon des souvenirs de spectacles lointains qui, en fin de compte, ne signifiaient rien.

Elle avait essayé d'expliquer cela à Nicolas, de lui dire ce que Mme Markova attendait d'elle, mais il ne l'avait pas crue. C'était pourtant vrai : la directrice et les professeurs de l'école de danse voulaient son âme, ils voulaient qu'elle leur promette de rompre avec lui. Mais peu lui importait ce que cela lui coûterait, elle n'était pas prête à le faire.

Sa colère décuplait son énergie et elle travaillait plus dur encore, en cours et à la barre. Elle commençait à s'échauffer à quatre heures tous les matins et continuait à s'entraîner jusqu'à dix heures du soir, longtemps après la fin des cours. Elle ne mangeait jamais, n'arrêtait jamais, ne dormait jamais, elle ne faisait que pousser son corps dans ses derniers retranchements. C'était ce qu'on attendait d'elle, même si elle était très maigre, pâle et épuisée lorsque Mme Markova l'appela de nouveau dans son bureau, deux semaines plus tard.

Danina se demandait ce que la directrice allait lui dire cette fois. Peut-être la mettrait-elle dehors sur-le-champ, et peut-être, songea-t-elle, en serait-elle soulagée. Elle ne pouvait pas donner davantage d'elle-même, et cela faisait trois semaines qu'elle n'avait pas de nouvelles de Nicolas, à présent, si bien qu'elle avait l'impression de devenir folle. Il n'avait répondu à aucune de ses lettres. Mais avaient-elles seulement été envoyées ? se demanda-t-elle soudain. Elle les avait laissées dans le hall d'entrée, comme elle le faisait toujours, avec celles des autres. Etait-il possible qu'elles eussent été triées et jetées directement à la poubelle ? Elle se posait la question tandis qu'elle se dirigeait vers le bureau de Mme Markova et sursauta violemment en découvrant Nicolas assis dans le fauteuil réservé aux visiteurs de la directrice. Il paraissait avoir avec cette dernière une discussion plaisante, et quand Danina entra dans la pièce, il se tourna vers elle et lui sourit. Rien qu'à le voir, la jeune danseuse sentit ses jambes se dérober sous elle et son cœur battre la chamade.

— Que faites-vous ici ? demanda-t-elle d'un air abasourdi.

Elle se demanda s'il avait révélé toute la vérité à Mme Markova, mais comprit aussitôt, au regard qu'il lui lança, qu'il n'avait pas trahi leur secret. Il s'empressa d'ailleurs de lui donner la raison de sa présence — ou plutôt, de répéter le prétexte qu'il avait fourni à Mme Markova — afin que Danina ne risque pas de trop en dire.

— C'est le tsar lui-même qui m'a demandé de venir vous voir, mademoiselle Petroskova, déclara-t-il. Il souhaitait être rassuré sur votre santé, dans la mesure où personne n'a eu de vos nouvelles depuis que vous nous avez quittés. La tsarine, en particulier, était très inquiète.

Il avait ajouté cela en se tournant vers Mme Markova, un sourire chaleureux aux lèvres. La directrice eut la grâce de paraître un peu embarrassée et détourna brièvement la tête.

— N'avez-vous donc pas reçu mes lettres ? Ni les uns ni les autres ?

Horrifiée, Danina le vit secouer la tête.

— Pourtant, je les ai laissées à l'endroit réservé au courrier, comme d'habitude. Peut-être ne poste-t-on pas mes lettres ?

Mme Markova regardait fixement son bureau, silencieuse.

— Alors, et votre santé ? reprit Nicolas. Je vous trouve bien pâle, et beaucoup plus mince que lorsque vous êtes partie de Tsarskoïe Selo.

J'ai bien peur que vous ne travailliez trop dur, Danina. Est-ce le cas ? Il ne faut pas trop en faire, surtout après une maladie aussi grave.

— Elle doit renforcer sa musculature, intervint vivement Mme Markova, et réapprendre la discipline. Son corps a oublié presque tout ce qu'il savait.

Danina savait aussi bien que la directrice que c'était faux. Mais Nicolas parut inquiet.

— Je suis sûre qu'elle recouvrera vite sa force d'antan, dit-il poliment. Il n'en reste pas moins qu'elle doit éviter de s'épuiser. Je suis certain que vous en avez conscience, madame Markova, ajouta-t-il en souriant d'un air à la fois très mondain et très inquiet. Et maintenant, pourrais-je passer un moment avec ma patiente ? J'ai un message personnel à lui remettre de la part du tsar et de la tsarine.

Mme Markova eut l'air très contrariée, mais ne put rien objecter, et elle les autorisa à quitter ensemble son bureau. Il était évident qu'elle se méfiait du médecin ; pourtant, elle n'était pas certaine qu'il fût à l'origine de la « trahison » de Danina et n'osait pas l'en accuser. Elle les laissa donc partir sans rien dire, et Danina conduisit Nicolas dans le petit jardin de l'école. Il faisait encore frais dehors et elle jeta un châle sur ses épaules, par-dessus son justaucorps. Nicolas, qui la regardait, s'inquiéta de la voir aussi maigre et aussi pâle. Il mourait d'envie de la prendre dans ses bras et de la serrer contre lui.

— Tu vas bien ? chuchota-t-il en s'asseyant

sur un banc à côté d'elle. Tu me manques... J'étais si inquiet de ne pas avoir de tes nouvelles !

— Ils doivent jeter mes lettres. Je les posterai moi-même, à partir de maintenant.

Mais Dieu seul savait quand elle disposerait d'assez de temps libre pour cela...

— Que s'est-il passé ? demanda-t-elle avec inquiétude sans pour autant cesser de lui sourire — elle était si contente de le voir ! Tu vas bien, Nicolas ?

— Bien sûr... Danina, je t'aime..., dit-il d'un air tourmenté.

Il avait tant souffert de son absence qu'il avait cru perdre la raison.

— Moi aussi, je t'aime, répondit-elle dans un murmure en serrant sa main dans la sienne.

Depuis la fenêtre du premier étage, Mme Markova les observait sans qu'ils s'en doutent. Elle ne pouvait entendre ce qu'ils se disaient, naturellement, mais elle voyait leurs deux mains étroitement enlacées, et cela suffisait à confirmer ses soupçons. Ses lèvres fines esquissèrent une moue de dédain.

— As-tu parlé à Mary ?

Nicolas fronça les sourcils et hocha la tête avant de répondre.

— Oui, quelques jours après ton départ.

Danina comprit tout de suite qu'il n'était pas heureux du résultat de cette conversation, et elle se mordit la lèvre avec angoisse.

— Qu'a-t-elle dit ?

Nicolas secoua la tête. Sa discussion avec

Mary avait été cauchemardesque, et depuis, ils se livraient un combat sans merci. Un combat qu'il ne pouvait se permettre de perdre.

— Tu ne me croiras jamais, Danina : elle ne veut pas retourner en Angleterre. Elle s'entête à rester en Russie. Après m'avoir menacé de s'en aller pendant quinze ans, après avoir passé son temps à me répéter qu'elle avait horreur de ce pays, voilà qu'elle refuse de le quitter quand j'accepte de lui rendre sa liberté !

Terriblement déçue, Danina dut lutter pour retenir ses larmes.

— Et le divorce ?

— Elle n'en veut pas. Elle ne voit pas pourquoi nous nous séparerions. Elle reconnaît qu'elle est aussi malheureuse que moi mais affirme que, de toute façon, elle ne croit plus au bonheur conjugal. Elle ne veut pas connaître l'humiliation d'un divorce. Et si nous vivons ensemble tous les deux, Danina, je ne serai pas en mesure de t'épouser.

Il avait prononcé ces mots d'un air anéanti, car il avait rêvé de tout lui offrir : un foyer, la respectabilité, la sécurité, des enfants, une nouvelle vie. Maintenant, il ne pouvait que lui proposer d'être sa maîtresse. Ce serait elle qui serait humiliée, et non Mary.

— Quelqu'un est-il au courant, à propos de nous deux ? s'enquit Danina, inquiète. Le tsar ?

— Je crois qu'il se doute de quelque chose, mais je ne pense pas qu'il nous juge défavorablement. Il t'aime sincèrement et me l'a fait savoir à plusieurs reprises.

— Ne t'inquiète pas pour tout cela, dit Danina dans un soupir. Cela finira par s'arranger avec le temps. De toute façon, je dois terminer ce que j'ai commencé ici... Ils étaient très mécontents de moi à mon retour, parce que j'étais restée absente trop longtemps, et Mme Markova m'a menacée de me mettre dans le corps de ballet et de ne plus me permettre de danser les premiers rôles. Elle affirme que je ne danse plus comme avant. J'aimerais retrouver le niveau que j'avais avant mon départ, et cela devrait te laisser le temps de convaincre Mary de revenir à la raison. Nous pouvons patienter.

Vaillamment, elle s'efforçait de paraître plus calme qu'elle ne l'était, aussi bien lorsqu'elle lui parlait de sa vie à l'école de danse que de leur avenir ensemble.

— Je ne suis pas sûr de pouvoir patienter, répondit-il sombrement. Tu me manques, c'est épouvantable... Quand pourras-tu revenir me rendre visite ?

Jamais il n'aurait cru que les jours passeraient aussi lentement, sans elle.

— Peut-être cet été, s'ils m'autorisent à prendre des vacances. Mme Markova parle de me laisser travailler ici toute seule pendant que les autres seront en congé, pour compenser le temps que j'ai perdu quand j'étais avec toi.

— Peut-elle faire une chose pareille ? Ce n'est pas juste ! s'insurgea-t-il, outré.

— Elle peut faire ce qu'elle veut. Rien n'est juste, ici. Nous verrons... Je lui en parlerai quand le moment approchera. Pour l'instant, nous devons être patients et attendre.

Lui, de toute façon, avait besoin de temps pour parler de nouveau à Mary et essayer de la raisonner. Il fallait au moins qu'elle consente à retourner en Angleterre et à ce qu'ils se séparent.

— Je reviendrai te voir dans quelques semaines, « par ordre du tsar », dit-il. Si je t'écris, recevras-tu mes lettres ?

— Peut-être, si tu les mets dans une enveloppe impériale, dit-elle avec un clin d'œil plein de malice qui le fit sourire.

— Je demanderai à Alexis d'écrire l'adresse pour moi. (Il se pencha et l'embrassa.) Ne t'inquiète pas, mon amour. Nous nous débrouillerons. Ils ne peuvent pas nous garder séparés à jamais. Simplement, il nous faut un peu plus de temps pour trouver une solution. Mais pas trop longtemps tout de même, car je ne supporterai pas de rester loin de toi.

Il s'apprêtait à l'embrasser de nouveau lorsqu'ils virent la porte du jardin s'ouvrir. Mme Markova apparut et leur décocha un regard glacial.

— As-tu l'intention de passer toute la journée avec ton médecin, Danina ? Ou comptes-tu travailler à un moment ou à un autre ? Peut-être devrais-tu être dans un hôpital, si tu es encore si malade et si le tsar s'inquiète tant pour toi. Je suis sûre que nous pourrions te trouver un bon établissement, si tu préfères te faire soigner que danser ici.

Danina s'était aussitôt levée et elle se balançait d'un pied sur l'autre, mortifiée. Ce fut cependant Nicolas qui répondit.

— Je suis vraiment désolé, madame, si j'ai abusé du temps de Mlle Petroskova. Ce n'était pas mon intention, j'étais seulement inquiet.

— Au revoir, dans ce cas, docteur Obrajensky.

Toute la reconnaissance qu'elle avait éprouvée à son égard cinq mois plus tôt lorsqu'il avait sauvé Danina avait disparu, en particulier maintenant qu'elle savait qu'il était l'ennemi contre lequel elle avait à lutter. Elle n'avait plus de doute à ce sujet.

Il embrassa Danina sur la joue avant de partir et elle lui rappela de transmettre son meilleur souvenir à tout le monde. Puis, après lui avoir étreint les doigts une dernière fois, elle retourna en classe.

Nicolas paraissait en deuil lorsqu'il quitta le bâtiment où elle dormait, mangeait et travaillait comme une esclave, dix-huit heures par jour. Il aurait tant aimé pouvoir l'emmener avec lui, au lieu de la laisser là !

De retour dans sa salle de cours, Danina essaya désespérément de se concentrer, de ne plus penser à lui et de travailler, sous le regard implacable de Mme Markova. Cette dernière ne relâchait pas sa surveillance et était prompte à la critique, n'hésitant pas à employer des mots injustement cruels pour formuler ses reproches. Lorsque, enfin, Danina s'accorda une courte pause, deux heures plus tard, la directrice la toisa avec un dédain visible, une désapprobation évidente et quelque chose qui ressemblait fort à de la rage.

— Alors ? T'a-t-il dit qu'il ne pouvait pas quitter sa femme ? Qu'elle refusait le divorce ? Tu es une imbécile, Danina Petroskova. C'est une vieille, vieille histoire... Il continuera à te faire des promesses qu'il ne tiendra pas, jusqu'au jour où il te brisera le cœur après t'avoir coûté ta carrière de danseuse. Il ne la quittera jamais.

Elle paraissait parler d'expérience. Visiblement, quelque chose qui l'avait affectée des années plus tôt l'avait laissée amère et sans illusions. Elle n'avait ni oublié ni pardonné, et n'était pas près de le faire.

— Est-ce ce qu'il t'a dit ? insista-t-elle.

Mais Danina ne voulait pas admettre qu'en effet son amant lui avait annoncé que sa femme s'opposait à leur séparation.

Nicolas ne lui ferait jamais de mal, quoi que Mme Markova pensât de lui et quels que fussent les démons qui la hantaient.

— Il avait un message pour moi de la part du tsar et de la tsarine, dit-elle calmement.

— Et lequel ?

Danina préféra ne pas parler tout de suite de l'invitation des souverains à venir les voir à Livadia. C'eût été une véritable déclaration de guerre.

— Ils souhaitaient simplement me dire que je leur manquais et qu'ils s'inquiétaient pour ma santé.

— Comme c'est gentil de leur part ! Tu en as des amis importants, maintenant ! Mais ne te fais pas d'illusions, ils ne t'aideront pas quand tu ne pourras plus danser. Ils ne voudront plus de toi, à ce moment-là, et ton médecin t'aura oubliée bien avant ça.

Jamais Danina ne l'avait entendue parler avec une telle amertume.

— Pas nécessairement, madame, répondit-elle avec dignité avant de tourner les talons pour se rendre à son cours suivant.

Elle ne pouvait plus tout accepter d'elle, maintenant. Peut-être Mary refusait-elle de divorcer et de repartir en Angleterre, mais cela n'avait pas d'importance. Nicolas et elle pouvaient tout de même avoir un avenir ensemble. Elle était toujours prête à passer sa vie avec lui, mariée ou pas.

A partir de là, le mois de mai se transforma en véritable cauchemar. Chaque jour était pire que le précédent. Mme Markova ne cessait de la critiquer. Elle l'accusait d'être décalée par rapport aux autres, de ne pas savoir garder le rythme, d'effectuer des arabesques pitoyables, des sauts minables, d'avoir les jambes raides. En résumé, elle faisait tout son possible pour faire craquer Danina. Elle voulait qu'elle lutte pour sa place dans le ballet et qu'elle abandonne tout le reste.

Malgré tout, Danina tenait le coup. Nicolas revint la voir en juin. Cette fois, il apportait une lettre personnelle de la tsarine. Les souverains voulaient qu'elle vienne les voir à Livadia en août, pendant un mois si possible. Danina, cependant, ne voyait pas comment elle pourrait faire.

Depuis le mois précédent, les choses n'avaient pas évolué du côté de Nicolas. En fait, Mary était même plus intraitable que jamais, et elle lui faisait mener une vie infernale. Elle en était même arrivée à exercer un chantage affectif concernant les enfants. Nicolas n'en revenait pas.

— Je crois que c'est une tendance naturelle chez les gens, observa Danina avec philosophie : il faut qu'ils rendent les choses plus difficiles et douloureuses qu'elles ne le sont déjà. C'est leur manière à eux de se venger lorsqu'ils sentent que vous leur échappez, par l'esprit tout du moins. Regarde Mme Markova... Si la tsarine veut vraiment que je vienne, il faudra qu'elle lui donne l'ordre de me laisser partir. Mme Markova n'osera pas défier un ordre impérial, mais sans cela, elle m'obligera à refuser l'invitation et je ne pourrai pas aller te rejoindre là-bas.

— Elle ne peut pas faire ça ! Tu n'es pas esclave, ici, tout de même !

— Et pourtant, je ne vois guère de différence, soupira-t-elle avec lassitude.

En partant, Nicolas promit de demander au tsar de lui « ordonner » de venir, puisque c'était le seul moyen de forcer la main à Mme Markova.

Cette fois, à son retour au palais, il ouvrit son cœur au souverain. Il lui dit tout et le supplia de l'aider à faire venir Danina à Livadia. Le tsar fut ému par sa détresse et promit de faire tout son possible, même s'il savait combien les directeurs de ballet étaient généralement rigoureux avec leurs danseurs, surtout les plus célèbres.

— Il se peut qu'on ne m'écoute même pas, observa-t-il avec un sourire. Ces gens-là ne rendent de comptes qu'à Dieu, et je ne suis même pas certain qu'ils suivent Ses directives.

Mais même Mme Markova ne put guère ignorer la lettre qu'elle reçut en juillet. Le tsar y expliquait que la santé du tsarévitch était en jeu : Alexis s'était énormément attaché à Danina et était inconsolable en son absence. Il suppliait la directrice de laisser la jeune danseuse les rejoindre, par amour pour le petit garçon.

Quand Danina entra dans le bureau de Mme Markova ce jour-là, la maîtresse de ballet était si furieuse que ses yeux lançaient des éclairs. Sa bouche, pincée, ne formait qu'une fine ligne pâle dans son visage figé par la colère. Elle déclara seulement qu'elle accompagnerait Danina à Livadia pendant un mois. Elles partiraient le 1er août.

Ce n'était pas du tout ce que Danina avait envie d'entendre, et elle était prête à se battre pour obtenir ce qu'elle souhaitait. Cela faisait trois mois qu'elle travaillait d'arrache-pied, et maintenant elle avait le sentiment que la directrice lui devait ces quelques semaines de répit auprès de Nicolas.

— Non, madame, déclara-t-elle, prenant son interlocutrice au dépourvu.

Elle s'exprimait comme une adulte à présent, et non plus comme une enfant obéissante.

— Tu ne veux pas y aller ? s'étonna Mme Markova.

Cela signifiait qu'elle avait gagné la bataille ! Pour la première fois depuis le retour de Danina à l'école de danse, un début de sourire naquit dans le regard de la directrice.

— Tu n'as pas envie de le voir ?

Elle n'en croyait pas ses oreilles. Jamais elle n'avait espéré remporter si facilement le combat...

— Si. Mais je veux y aller seule. Vous n'avez aucune raison de m'accompagner. Je n'ai pas besoin d'un chaperon, madame, bien que j'apprécie votre offre. Je me sens à l'aise avec la famille impériale désormais, et je crois que c'est moi seule qui suis invitée.

Toutes deux savaient pertinemment que l'invitation ne mentionnait pas Mme Markova.

— Je ne te laisserai pas y aller sans moi ! s'exclama cependant cette dernière, folle de rage.

— Dans ce cas, j'expliquerai au tsar que je ne puis suivre ses ordres.

Danina releva le menton. Jamais Mme Markova ne lui avait vu une expression aussi déterminée.

— Très bien alors, déclara la directrice d'un ton glacial en se levant lentement. Tu peux partir un mois. Mais je ne te promets pas que tu seras toujours étoile lorsque nous ouvrirons la saison avec *Giselle* en septembre. Réfléchis-y soigneusement, Danina, avant de prendre un tel risque.

— C'est tout réfléchi, madame. Si c'est votre décision, je ne peux que l'accepter.

Toutes deux savaient néanmoins qu'elle dansait mieux que jamais. Elle avait retrouvé sa force et sa technique d'antan et avait même fait de nouveaux progrès. A la discipline et au talent, elle avait ajouté une certaine maturité, avec des résultats impossibles à ignorer.

— Comme tu le sais, les répétitions commencent le 1er septembre. Sois ici le dernier jour d'août, dit Mme Markova avant de sortir du bureau avec froideur, laissant Danina seule.

Deux semaines plus tard, Danina était dans le train, sans chaperon, en route pour Livadia. Elle songeait à l'amie qu'elle avait perdue. Car désormais elle savait que Mme Markova ne lui pardonnerait jamais sa désertion. Elle n'avait pas adressé le moindre mot à Danina avant son départ et l'avait ignorée à dessein lorsque la jeune femme avait essayé de lui dire au revoir. Leur amitié n'avait pas survécu à l'amour de Danina pour Nicolas. Mais Danina n'était pas prête à le quitter pour faire plaisir à Mme Markova, ni même à manquer une seule occasion d'être avec lui. Pour elle, rien n'était plus important que lui, pas même la danse.

6

Le mois que Nicolas et Danina passèrent ensemble à Livadia fut idyllique. On leur avait prêté une petite maison discrète où ils vivaient ensemble, ouvertement cette fois. La tsarine et le tsar les traitaient comme un couple marié ; ils semblaient les comprendre.

Le temps était magnifique, les enfants paraissaient ravis de revoir Danina et, fidèle à sa parole, Alexis lui apprit même à nager. Nicolas ne fit qu'aider « un petit peu » le jeune professeur.

Il ne regrettait qu'une chose : qu'elle n'eût pas rencontré ses fils. Mais ce n'était pas possible pour le moment. Si Mary n'avait toujours pas accepté le divorce, elle avait tout de même décidé d'aller passer l'été chez son père dans le Hampshire, et elle avait emmené les garçons avec elle. Nicolas espérait que ce séjour en Angleterre lui rappellerait combien sa terre natale lui manquait et combien elle aimerait y vivre, mais pour l'instant il n'était guère optimiste. Elle avait de toute évidence l'intention de rester mariée avec lui, ne fût-ce que pour le tourmenter.

— Cela n'a pas d'importance, mon amour. Nous sommes heureux comme ça, non ? lui rappelait invariablement Danina lorsqu'ils en discutaient.

De fait, ils étaient si bien ici ! Tous les jours, ils prenaient leur petit déjeuner ensemble, sur leur terrasse, et ils partageaient tous les autres repas avec la famille impériale. Ils passaient beaucoup de temps avec eux dans la journée. Les nuits, en revanche, leur appartenaient, de longues nuits passionnées, intenses, merveilleuses.

— Je veux t'offrir davantage qu'une maison prêtée, soupira Nicolas un soir.

Il haïssait Mary plus que jamais.

— Nous aurons plus un jour, et en attendant je peux continuer à danser aussi longtemps que nécessaire.

Plus que Nicolas, Danina était résignée à son sort. Mais lui s'inquiétait pour elle.

— Si tu restes encore longtemps à l'école de danse, cette femme va te tuer.

Il n'appréciait guère Mme Markova. Depuis que Danina était retournée à l'école de danse, elle était plus mince que jamais, et il l'avait trouvée épuisée à son arrivée à Livadia. Il était inhumain de faire autant travailler quelqu'un !

Cette fois, durant tout son séjour, elle s'entraîna plusieurs heures par jour afin de ne pas perdre ses muscles. Alexis adorait la regarder pendant des heures danser et répéter ses pas. La tsarine lui avait fait installer une barre et, après ses exercices, elle faisait souvent de longues promenades avec Nicolas, si bien qu'à la fin du mois d'août elle était en excellente forme. Cependant, après ces semaines de bonheur parfait, l'idée même de devoir quitter Nicolas lui était intolérable.

— Nous ne pouvons pas continuer ainsi éternellement, dit-elle avec tristesse. Nous ne nous voyons que quelques minutes par mois, quand tu viens me rendre visite... Danser ne me dérange pas, mais être séparée de toi me rend malade.

Elle n'aurait plus de vacances avant Noël. La famille impériale les avait déjà conviés, Nicolas et elle, à passer les fêtes de fin d'année à Tsarskoïe Selo. Elle pourrait même partager avec lui la maison où elle avait passé sa convalescence. Mais, avant cela, il y aurait quatre mois à attendre, quatre mois d'enfer entre les mains de Mme Markova, qui chercherait à la punir constamment de préférer un homme à la danse.

— Je veux que tu arrêtes de danser à Noël, dit enfin Nicolas, le dernier soir. Nous trouverons un moyen de nous débrouiller, n'importe lequel. Peut-être pourrais-tu enseigner la danse classique aux grandes-duchesses ou à certaines dames de compagnie de la tsarine. Je te trouverai une petite maison près du palais, pour que tu ne sois plus loin de moi...

C'était leur seul espoir, si Mary continuait à s'entêter.

— Nous verrons, dit Danina avec sagesse. Tu ne dois pas mettre toute ton existence en danger à cause de moi. Si Mary décidait de faire un scandale, elle pourrait te causer des ennuis auprès du tsar, et ce n'est vraiment pas souhaitable.

— Je lui reparlerai à son retour d'Angleterre, puis je viendrai te voir.

Mais, aussitôt après le départ de Danina pour Saint-Pétersbourg, Alexis tomba malade, et Nicolas dut rester en permanence à son côté pendant six semaines. Il ne put aller rendre visite à Danina qu'à la mi-octobre.

Au grand soulagement de la jeune femme, Mme Markova l'avait gardée comme danseuse étoile, et elle avait interprété le premier rôle de *Giselle*.

Nicolas, en revanche, n'avait que de mauvaises nouvelles à lui apporter, cette fois. Même s'il allait un peu mieux, ce qui expliquait que son médecin ait pu s'éloigner quelques heures, Alexis était toujours malade, et deux des grandes-duchesses avaient attrapé la grippe, ce qui avait constamment occupé Nicolas. Danina lui trouva l'air très fatigué et triste, bien qu'il fût ravi de la voir.

Mary était rentrée d'Angleterre deux semaines plus tôt et était plus déterminée que jamais à l'empêcher de reprendre sa liberté. Elle avait entendu des rumeurs concernant Danina et menaçait de faire un énorme scandale, ce qui pourrait coûter sa carrière à Nicolas et l'empêcher de rester au service du tsar et de la tsarine. En fait, Mary le faisait chanter et le gardait en otage. Lorsqu'il lui avait demandé pourquoi, elle avait répondu qu'il lui devait de la respecter et de ne pas les humilier, elle et ses fils. Elle avait cependant reconnu qu'elle ne l'avait jamais aimé, même si elle était résolue à s'accrocher à lui à tout prix, désormais. Elle trouvait honteux d'être abandonnée pour une autre femme, en particulier une ballerine. Elle avait prononcé ce mot comme si Danina était une prostituée, et cela avait rendu Nicolas furieux. Ils s'étaient disputés à n'en plus finir, sans résultat. Et il était à présent très déprimé.

Il revint en novembre. Mme Markova faillit l'empêcher de voir Danina, mais il insista tellement qu'elle finit par ne plus trouver d'excuses à lui fournir. Elle ne leur accorda qu'une demi-heure, en raison des répétitions de Danina. La seule chose qui aidait les deux amants à tenir était la perspective de passer trois semaines ensemble à Noël. C'était, pour l'instant, leur unique raison de vivre.

En novembre et décembre, Nicolas assista à tous les spectacles de Danina lorsqu'ils avaient lieu en dehors de ses soirs de garde. Le père de la jeune ballerine vint en voir un également, comme il le faisait chaque année, mais, malheureusement, Nicolas n'était pas présent ce soir-là, si bien que Danina ne put le lui présenter.

La semaine précédant Noël, Danina et sa famille reçurent une nouvelle tragique. Ils apprirent que son plus jeune frère, son préféré, avait été tué à Molodechno, sur le front est, au cours d'une bataille. Lorsqu'elle donna sa dernière représentation, Danina venait d'être informée de la nouvelle et était encore sous le choc. Nicolas vint la chercher le lendemain pour l'emmener dans la petite maison de Tsarskoïe Selo ; elle était encore d'humeur triste, et il la traita avec une infinie sollicitude, conscient de ce que représentait son frère pour elle. Même Alexis la trouva bien malheureuse et silencieuse, et après lui avoir rendu visite, le jour de son arrivée, il fit part à ses parents de son inquiétude à son sujet.

Cependant, Noël avec la famille impériale fut magique et, petit à petit, Danina recouvra sa bonne humeur coutumière. Nicolas et elle échangeaient des livres et passaient des heures à bavarder. Comme à Livadia l'été précédent, il vivait avec elle sans se cacher. Ils parlaient de leur amour, et des moments merveilleux qu'ils avaient partagés, mais ils n'avaient, hélas, pas grand-chose à dire à propos de l'avenir. Mary continuait à camper sur ses positions. Nicolas n'en était pas moins déterminé à économiser suffisamment d'argent pour acheter une petite maison à Danina, afin qu'elle puisse cesser de danser et venir habiter près de lui. Mais tous deux savaient qu'il faudrait du temps, beaucoup de temps, avant qu'il ait les moyens de mener ce projet à bien. Danina avait décidé de danser au moins jusqu'au printemps, et peut-être même jusqu'à la fin de l'année.

Pourtant, à peine était-elle revenue à l'école de danse après les vacances qu'elle commença à se sentir mal. Elle mangeait encore moins qu'avant, et quand Nicolas la vit à la fin du mois de janvier, il fut très inquiet de la trouver si pâle et visiblement mal en point.

— Tu travailles trop dur, la morigéna-t-il avec plus de force que d'habitude. Danina, si tu n'arrêtes pas, tu vas te tuer.

— On ne peut pas mourir d'avoir trop dansé, répondit-elle avec un faible sourire.

Elle ne voulait pas lui avouer à quel point elle se sentait malade. Mary faisait tant d'histoires qu'elle ne voulait pas, en prime, l'inquiéter, d'autant que le tsarévitch était de nouveau souffrant. Oui, Nicolas avait bien assez de problèmes sans avoir, en plus, à se préoccuper de sa santé.

Néanmoins, chaque jour, son état empirait, et elle avait déjà failli s'évanouir en cours à deux reprises. Nul pourtant ne semblait se rendre compte de ce qui lui arrivait, jusqu'à ce que, un matin de février, elle s'éveillât si malade qu'elle ne put se lever.

Elle se força à danser tout de même, cette après-midi-là, mais quand Mme Markova la vit, elle était assise sur un banc, les yeux fermés, et avait une mine épouvantable.

— Es-tu de nouveau malade ? demanda la directrice d'un ton accusateur, toujours incapable de lui pardonner sa liaison avec le jeune médecin du tsar.

Elle ne dissimulait pas son opinion à ce sujet : elle estimait que c'était une honte et avait en conséquence pris ses distances vis-à-vis de Danina.

— Non, ça va, répondit faiblement Danina.

Mais, durant les jours qui suivirent, Mme Markova l'observa avec inquiétude, et cette fois, lorsque Danina faillit s'évanouir au cours d'une répétition, tard, un soir, la directrice s'en aperçut aussitôt et s'approcha d'elle.

— Tu veux que j'appelle un médecin ? demanda-t-elle avec davantage de douceur cette fois.

Depuis quelque temps, Danina se donnait complètement au ballet, plus que jamais, et Mme Markova, qui s'était montrée impitoyable avec elle, se sentait un peu coupable de sa sévérité.

— Tu veux que je fasse venir le Dr Obrajensky ? proposa-t-elle.

Danina aurait été enchantée de voir Nicolas, naturellement, mais elle ne voulait pas l'inquiéter, d'autant qu'elle était certaine d'être très malade. Sa grippe datait de plus d'un an ; mais au cours des dix mois qu'elle avait passés à l'école de danse, elle s'était poussée sans relâche, et elle commençait à penser que cela avait bel et bien nui à sa santé, comme Nicolas l'avait craint. Elle avait constamment la tête qui tournait, ne pouvait plus rien manger sans être violemment malade et était épuisée. Elle avait du mal à mettre un pied devant l'autre, et malgré cela elle dansait entre seize et dix-huit heures par jour. Chaque soir, quand elle allait se coucher, elle avait l'impression qu'elle ne se relèverait jamais. Peut-être Nicolas avait-il eu raison, en fin de compte, songea-t-elle cette nuit-là tandis que, allongée dans son lit, elle était en proie à de violentes nausées mais trop épuisée pour se lever et aller vomir. Peut-être la danse allait-elle la tuer.

Cinq jours plus tard, elle fut incapable de se lever. Elle se sentait si mal qu'elle se moquait bien de ce que Mme Markova ferait en la découvrant au lit. Elle ne souhaitait qu'une chose : rester là, immobile, et mourir. Elle regrettait seulement de ne pas revoir Nicolas une dernière fois et se demandait qui lui annoncerait la nouvelle de son décès.

Elle était allongée les yeux fermés — chaque fois qu'elle les ouvrait, elle avait l'impression que la pièce tournait autour d'elle — lorsqu'elle rêva que son amant se tenait debout à côté de son lit. Elle savait que ce n'était pas possible et songea qu'elle devait délirer de nouveau, comme lorsqu'elle avait eu la grippe. Elle l'entendait même lui parler, l'appeler par son nom, puis elle eut l'impression qu'il posait une question à Mme Markova.

— Pourquoi ne m'avez-vous pas appelé plus tôt ?

— Elle ne voulait pas que je le fasse, répondit Mme Markova dans le rêve de Danina.

La jeune femme se força à ouvrir les yeux. Même s'il ne s'agissait que d'une vision, elle était heureuse de voir Nicolas. Elle sentit sa main sur la sienne ; il lui prenait le pouls. Puis il se pencha vers elle et lui demanda si elle l'entendait. Elle ne put que hocher la tête, trop malade pour parler.

— Nous devons la faire transporter à l'hôpital, dit la vision d'une voix très claire.

Nicolas ignorait encore de quoi souffrait Danina. Elle n'avait pas de fièvre mais n'avait pas été capable d'avaler quoi que ce fût, eau ou nourriture, depuis si longtemps qu'elle semblait mourante. Il la regarda longuement, et ses yeux se remplirent de larmes.

— Vous l'avez littéralement tuée au travail, madame, dit-il à la directrice de l'école avec une fureur à peine contrôlée. Et si elle meurt, vous aurez à répondre de vos actions devant le tsar, ajouta-t-il pour faire bonne mesure.

A cet instant, Danina, qui l'écoutait, comprit qu'elle ne rêvait pas. C'était bien lui.

— Nicolas ? murmura-t-elle faiblement.

Il prit sa main dans la sienne et s'approcha d'elle.

— N'essaie pas de bouger, mon amour, lui souffla-t-il. Tu dois te reposer. Je suis là, maintenant.

Puis elle l'entendit parler d'hôpital et d'ambulance avec Mme Markova. Elle aurait aimé lui dire qu'elle n'avait pas besoin d'aller à l'hôpital, cela paraissait si compliqué ! Elle voulait seulement rester allongée dans son lit et mourir, Nicolas à son côté, sa main dans la sienne.

Il renvoya tout le monde et examina longuement ce corps qu'il connaissait si bien et aimait tant. Il ne l'avait pas vue depuis deux mois, maintenant, mais rien n'avait changé. Il était toujours aussi amoureux d'elle. Hélas, pour l'instant, elle appartenait toujours à l'école de danse, et lui à Mary. Il commençait à se demander, tout comme Danina, s'ils seraient ensemble un jour.

— Que t'est-il arrivé, Danina ? Peux-tu essayer de m'expliquer ce que tu ressens ?

— Je ne sais pas... J'ai tout le temps mal au cœur..., répondit-elle.

Elle s'endormait tout en parlant, puis se réveillait, terriblement nauséeuse. Mais son estomac était vide depuis longtemps, et elle n'avait même plus de bile. En vérité, elle trouvait plus simple de ne rien boire ni manger que de vomir tout le temps. Et malgré cela, elle s'était jusqu'ici forcée à danser seize heures par jour, jusqu'à l'épuisement.

— Danina, parle-moi, insista-t-il en la réveillant.

Il commençait à craindre qu'elle ne tombe dans le coma tant elle était affamée, déshydratée et épuisée. Son corps semblait céder à la pression constante à laquelle il avait été soumis depuis quelques mois.

— Qu'est-ce que tu éprouves ? Depuis combien de temps cela dure-t-il ?

Il n'avait toujours pas décidé s'il devait ou non l'envoyer à l'hôpital. Mais il avait de plus en plus peur pour elle.

— Depuis combien de temps te sens-tu comme ça ? répéta-t-il.

La dernière fois qu'il était venu la voir, elle n'avait pas l'air bien et avait même admis être un peu fatiguée, mais cela n'avait rien de comparable avec son état actuel.

— Un mois... Deux mois..., articula-t-elle.

— Et tu vomis depuis aussi longtemps ? demanda-t-il, horrifié.

Quand s'était-elle nourrie correctement pour la dernière fois ? Il remerciait Dieu que Mme Markova se fût décidée à l'appeler. La directrice avait longtemps hésité, mais elle savait Danina proche du tsar et avait estimé que les répercussions seraient terribles si elle ne faisait rien pour aider la jeune danseuse et si cette dernière venait à mourir. Par ailleurs, en dépit de la rage qu'elle nourrissait contre Danina depuis qu'elle l'avait « trahie », elle ne pouvait s'empêcher de lui être très attachée et elle était terrifiée de la voir dans un tel état.

— Danina, parle-moi. Quand cela a-t-il commencé exactement ? Essaie de te souvenir, insista Nicolas.

Danina ouvrit les yeux et s'efforça de réfléchir. Elle avait l'impression d'être malade depuis des siècles.

— En janvier. Quand je suis rentrée de vacances.

Cela faisait près de deux mois. Elle referma les yeux : elle voulait dormir, elle n'avait plus la force de parler.

— Est-ce que tu as mal quelque part ? demanda-t-il en palpant doucement tout son corps.

Mais elle ne se plaignit d'aucune douleur. Elle était seulement faible et sous-alimentée : elle mourait littéralement de faim. Il pensa un instant à une appendicite, mais il n'y avait aucune trace d'infection qui pût confirmer ce diagnostic. Lorsqu'il l'interrogea, elle répondit qu'elle n'avait jamais vomi de sang ni éprouvé de douleur qui eût pu indiquer un ulcère. Elle n'avait rien, sinon des nausées telles qu'elle était à présent à peine consciente et trop faible pour bouger. Il n'osait même pas la déplacer pour l'envoyer à l'hôpital tant qu'il n'en savait pas davantage. Il ne pensait pas qu'elle souffrît d'une typhoïde. La tuberculose n'était pas à éliminer totalement, mais elle ne toussait pas, et lorsqu'il l'ausculta, tout lui parut normal.

Il ne comprenait toujours pas ce qu'elle avait. Une idée lui vint alors, et au risque de la choquer il lui demanda si elle avait eu ses règles depuis le début de sa maladie. Elle répondit par la négative. Cela n'avait rien de surprenant, au demeurant : elle était si maigre et si fatiguée que cela pouvait expliquer cette absence de menstruations. Malgré tout...

Il réfléchit rapidement. Ils avaient fait très attention... toujours... sauf après Noël. Et encore, ils n'avaient pris des risques qu'une seule fois. Ou deux.

De nouveau, il l'examina soigneusement, et bientôt il eut confirmation de ses soupçons lorsque, d'une main très douce, il palpa son abdomen et sentit une grosseur à peine perceptible. Il était presque certain désormais qu'elle était enceinte de deux mois. Mais elle s'était tant épuisée, avait été si malade et avait travaillé si dur qu'elle ne s'en était pas rendu compte. Il était miraculeux, dans son état, qu'elle n'eût pas perdu le bébé.

— Danina, lui souffla-t-il lorsqu'elle s'éveilla de nouveau et lui jeta un regard interrogateur. Je crois que tu attends un bébé.

Il avait prononcé ces mots à voix très basse afin d'être sûr que personne ne l'entendît. La jeune femme écarquilla les yeux, abasourdie. Certes, elle avait envisagé cette possibilité à une ou deux reprises, mais ensuite elle l'avait complètement chassée de son esprit. C'était impossible, impensable... Néanmoins, elle sentit aussitôt au plus profond d'elle-même qu'il avait raison et referma les yeux. Une larme roula au coin de sa paupière et alla se perdre dans ses cheveux sombres.

— Qu'allons-nous faire, maintenant ? demanda-t-elle dans un murmure désespéré.

Leurs deux vies risquaient d'être détruites. De plus, il était évident qu'en apprenant cela, Mary, par vengeance, harcèlerait davantage encore Nicolas et refuserait de plus belle de le libérer.

— Tu dois absolument repartir avec moi. Tu pourras t'installer dans la petite maison en attendant d'avoir repris des forces.

Mais tous deux savaient qu'il ne s'agissait là que d'une solution temporaire.

— Et ensuite ? demanda tristement Danina. Je ne peux pas aller vivre avec toi... Tu ne peux pas m'épouser... Le tsar te renverra... Nous n'avons pas encore les moyens d'acheter une maison... Et si ce que tu dis est vrai, je ne pourrai plus danser bien longtemps.

D'autres filles dans la même situation avaient essayé de danser aussi longtemps que possible, mais, au bout d'un mois ou deux, leur état était devenu trop visible et elles avaient été renvoyées de l'école. Certaines avaient même perdu leur bébé à cause des cours trop intensifs et des longues heures de travail.

— Nous trouverons une solution tous les deux, affirma Nicolas, désespérément inquiet pour elle.

Il ne pouvait même pas lui fournir un toit, sans parler d'une maison où élever leur bébé. Rien ne leur était plus doux que la pensée d'un enfant né de leur amour, mais ils ne voyaient pas où et comment ils pourraient l'élever. Et comment Danina pourrait-elle trouver de quoi vivre, une fois qu'elle aurait arrêté de danser ? Leurs économies étaient encore dérisoires, et en tant que danseuse étoile, elle recevait plus d'éloges que d'argent. Quant à lui, tout ce qu'il gagnait, ou presque, était utilisé par Mary pour l'entretien de la maison et l'éducation des garçons.

— Nous trouverons quelque chose, répéta-t-il avec douceur.

Mais elle se contenta de secouer la tête en pleurant silencieusement, anéantie.

— Laisse-moi te ramener avec moi, dit-il avec anxiété. Inutile de dire à quiconque ce que tu as. Il faut que nous parlions.

Hélas, mieux que personne, Danina savait que

parler ne servirait à rien. Il n'y avait aucun espoir.

— Je dois rester ici, dit-elle.

A la seule pensée de se déplacer, elle se sentait plus malade encore. Cette fois, elle ne pouvait pas l'accompagner. Mais lui, de son côté, était malade à l'idée de la laisser, surtout à présent qu'il savait qu'elle attendait son enfant.

Il resta avec elle toute la soirée et dit à Mme Markova qu'il craignait qu'elle n'eût un sérieux ulcère. A son avis, ajouta-t-il, elle devrait retourner à Tsarskoïe Selo en attendant d'aller mieux. Mais cette fois, ce fut Danina elle-même qui s'y opposa : elle déclara qu'elle ne voulait pas s'en aller, qu'elle se sentait trop mal et qu'elle se rétablirait aussi bien à l'école qu'à Tsarskoïe Selo.

C'était faux, ils le savaient tous, mais Mme Markova se réjouit que la jeune femme ne voulût pas suivre son amant. Peut-être cela signifiait-il que leur liaison touchait à sa fin ? Elle l'espérait, en tout cas. C'était la première fois qu'elle voyait Danina tenir tête au médecin.

— Nous sommes parfaitement capables de nous occuper d'elle ici, docteur, même si nos locaux ne sont pas luxueux, dit-elle non sans sarcasme.

Après le départ de la directrice, Nicolas s'efforça une nouvelle fois de convaincre Danina de l'accompagner.

— Je veux que tu sois près de moi. Je veux m'occuper de toi, Danina. Il faut que tu viennes.

— Pour combien de temps ? Encore un mois ? Deux ? Et après ? demanda-t-elle d'une voix brisée.

Elle savait qu'il n'y avait qu'une solution, mais elle ne lui en parla pas. D'autres filles de l'école y avaient eu recours, et elles avaient survécu. Même si elle rêvait de mettre au monde l'enfant de Nicolas, c'était impossible, du moins pour le moment. Plus tard peut-être... En attendant, ils devaient regarder la réalité en face, et elle n'était pas certaine que Nicolas en soit capable. En fait, elle était même sûre du contraire. Il s'inquiétait beaucoup trop pour elle.

— Tu dois me laisser, Nicolas, dit-elle. Tu pourras revenir dans quelques jours.

— Demain, répondit-il.

Il la quitta, désespérément inquiet. Ils avaient certes pris des risques à une ou deux reprises, mais il n'avait pas un instant envisagé qu'elle pût tomber enceinte. La culpabilité le dévorait : il se savait plus à blâmer qu'elle, et pourtant il avait conscience que le prix à payer était bien plus élevé pour elle.

Quand il revint le lendemain, ils n'avaient pas davantage de solutions. Ils ne pouvaient pas se permettre d'avoir un bébé. Ils n'avaient même pas les moyens d'acheter un endroit où vivre. Nicolas avait beau répéter qu'ils « se débrouilleraient », Danina savait que c'était tout simplement impossible. Cependant, elle ne discutait pas. Elle se contentait de pleurer des heures entières, allongée sur son lit, terriblement malheureuse et toujours nauséeuse.

Il l'obligeait à manger, désormais, et à boire autant d'eau que possible, et elle avait déjà repris des forces, mais elle était encore malade et se sentait de plus en plus mal. Les larmes aux yeux, Nicolas s'asseyait près de son lit et la regardait en silence. Il savait qu'elle irait mieux dans un mois ou deux, mais dans l'intervalle, elle était à l'agonie et cela lui était intolérable.

Lorsqu'il fut parti, ce soir-là, elle se leva et alla parler à une autre danseuse, Valeria. Danina était certaine que Valeria avait eu au moins à deux reprises à résoudre un problème comme le sien ; de fait, quand elle lui eut confié son secret, sa camarade lui indiqua où aller et proposa même de l'accompagner. Danina accepta avec gratitude.

Le lendemain matin, dimanche, les deux jeunes femmes quittèrent l'école de danse aussi discrètement que possible pendant que les autres élèves se rendaient à la messe, accompagnées comme chaque semaine par Mme Markova. Danina, trop malade, avait été dispensée d'aller à l'église, et, de son côté, Valeria avait feint une grosse migraine. Elles sortirent d'un pas vif mais durent s'arrêter plusieurs fois en chemin en raison des nausées de Danina. Elles traversèrent la moitié de la ville avant de pénétrer dans un quartier pauvre, crasseux et inquiétant.

Lorsque Valeria lui indiqua la maison qu'elles cherchaient, une petite bicoque sombre et peu accueillante, aux rideaux sales, Danina ne put retenir un léger frisson. La femme qui leur ouvrit semblait tout droit sortie d'un cauchemar, mais Valeria promit à son amie que tout irait très vite et se passerait bien. Danina, qui avait apporté avec elle toutes ses économies, espérait que cela suffirait.

La femme, qui s'autoproclamait « infirmière », lui posa une série de questions. Elle voulait être sûre que sa grossesse n'était pas trop avancée, mais elle parut satisfaite des réponses de Danina. Après lui avoir pris la moitié de son argent, elle la conduisit dans une chambre à l'arrière de la maison. Les draps et les couvertures sur le lit paraissaient sales, et il y avait sur le sol des taches de sang que personne n'avait pris la peine de nettoyer.

La vieille femme se lava les mains dans un bol d'eau posé sur une table avant de sortir d'un tiroir plusieurs instruments. Elle affirma qu'ils avaient été lavés mais Danina les trouva effrayants, et elle détourna la tête.

— Mon père était médecin, expliqua l'infirmière.

Danina ne voulait pas l'entendre parler de sa vie, elle voulait seulement que ce soit terminé. Elle savait que Nicolas, s'il avait su ce qu'elle s'apprêtait à faire, l'en aurait empêchée. Peut-être même ne le lui pardonnerait-il jamais, lorsqu'il saurait... Il ne fallait pas qu'elle y pense, pas maintenant.

Dire que tous deux désiraient vraiment cet enfant qu'ils ne pouvaient avoir ! Cette ironie cruelle lui broyait le cœur, mais elle était déterminée à ne pas flancher.

L'infirmière lui ordonna de se déshabiller, ce

qu'elle fit avec des mains tremblantes. Enfin, elle s'allongea sur le lit répugnant. Elle ne portait plus qu'un pull-over. La femme s'approcha, l'examina et hocha la tête. Comme Nicolas, elle palpa son ventre.

Rien de ce qui était arrivé à Danina jusque-là ne l'avait préparée à l'horreur et à l'humiliation de ce qui suivit. Brutalement prise de nausée, elle se mit à vomir, tandis que la femme lui répétait que ce serait bientôt terminé. Elle pourrait rester quelques instants, jusqu'à ce qu'elle soit capable de marcher de nouveau, et ensuite elle devrait partir. En cas de problème, il faudrait qu'elle appelle un médecin ; sous aucun prétexte elle ne devait revenir la voir. L'infirmière ne s'occupait pas des complications ultérieures. Une fois son travail terminé, c'était à Danina de s'occuper du reste. Si elle essayait de revenir, on ne la laisserait pas entrer, conclut la femme d'un ton vaguement menaçant.

— Allons-y, poursuivit-elle.

Elle aimait se débarrasser rapidement de ses clientes, avant qu'elles aient eu le temps de faire des histoires. Danina lui demanda cependant d'attendre une minute, puis elle lui fit signe qu'elle était prête. Elle avait trop peur pour parler.

Suivant les instructions de l'infirmière, Danina prit une profonde inspiration. Puis la femme lui dit de ne pas bouger et essaya de maintenir ses jambes immobiles, mais Danina tremblait de terreur et ne pouvait s'en empêcher.

Rien de tout ce qu'on lui avait dit ne l'avait

préparée à la violente douleur qu'elle ressentit lorsque la femme plongea son instrument en elle. Danina dut faire un effort surhumain pour ne pas crier. Presque aussitôt, la chambre se mit à tourner, et enfin, elle sombra dans une inconscience bienvenue.

Combien de temps dura son évanouissement ? Elle n'aurait su le dire. Soudain, elle sentit qu'on la secouait, et elle ouvrit les yeux. L'infirmière lui avait mis un linge mouillé sur la tête. Elle déclara que c'était terminé.

— Je ne crois pas pouvoir me lever, dit Danina faiblement.

La pièce empestait le vomi, et lorsqu'elle vit une vieille casserole pleine de sang près du lit, Danina faillit perdre de nouveau connaissance, mais déjà la femme l'obligeait à se lever et l'aidait à s'habiller sans attendre. Elle mit un tampon fait de vieux linges déchirés entre ses jambes. Danina avait la tête qui tournait. Folle de douleur et de terreur, elle se rendit tant bien que mal dans la pièce voisine, où son amie l'attendait. Elle distinguait à peine sa silhouette tant elle avait le vertige.

Valeria paraissait inquiète mais soulagée. Elle savait mieux que personne combien l'opération était douloureuse et traumatisante, pour l'avoir elle-même subie.

— Ramenez-la et mettez-la au lit, dit l'infirmière en leur ouvrant la porte.

Par chance, une voiture passa dans la rue quelques instants plus tard. Elles montèrent à l'intérieur.

Danina demeura comme hébétée durant tout le voyage de retour jusqu'à l'école de danse. Comme une automate, elle descendit de la calèche et remonta dans sa chambre pour se mettre au lit. Elle avait une conscience aiguë des chiffons entre ses jambes et de la douleur qui lui vrillait le ventre. En cet instant, elle ne pouvait penser à rien d'autre, ni à Nicolas, ni au bébé, ni à ce qui venait de se produire. Elle se laissa tomber sur le lit avec un gémissement, et quelques secondes plus tard, elle sombrait de nouveau dans l'inconscience.

7

Quand Nicolas vint la voir cette après-midi-là, il la trouva profondément endormie dans son lit, encore tout habillée. Il n'avait pas la moindre idée de ce qu'elle avait fait, si bien qu'en la voyant dormir il fut d'abord satisfait. En s'approchant, cependant, il vit que le visage de Danina était gris, et il remarqua ses lèvres presque bleues. Il prit alors son pouls et, submergé par une vague de panique, il essaya de la réveiller, sans succès. Elle ne dormait pas, comprit-il, elle était évanouie.

Plus par instinct que par réflexe médical, il souleva ses couvertures et découvrit qu'elle gisait au milieu d'une mare de sang. Elle faisait une hémorragie depuis des heures.

Cette fois, il n'hésita pas un instant : il envoya une des danseuses appeler une ambulance et, terrorisé, entreprit de déshabiller Danina. Elle était presque morte ; il ignorait combien de sang elle avait perdu, mais cela lui paraissait énorme.

Lorsqu'il trouva les chiffons souillés entre ses jambes, il comprit toute la vérité.

— Oh, mon Dieu... Oh, Danina...

Il ne pouvait rien faire pour endiguer le flot de sang. Elle avait besoin d'être opérée, et même cela ne suffirait peut-être pas à la sauver.

Dès qu'elle fut mise au courant, Mme Markova se précipita dans la chambre de Danina. Ce qu'elle vit en entrant lui apprit tout ce qu'elle avait besoin de savoir.

Nicolas était assis près du lit et il tenait la main de sa compagne. Des larmes coulaient sur ses joues ; il paraissait si désespéré que même Mme Markova en fut touchée. Cependant, comme la directrice de l'école entrait dans la pièce, le chagrin et le sentiment d'impuissance de Nicolas se transformèrent rapidement en colère.

— Qui l'a laissée faire une chose pareille ? demanda-t-il sèchement. Vous étiez au courant ?

Il y avait de l'accusation, de la souffrance et de la fureur dans sa voix.

— J'en sais encore moins que vous, répondit-elle, mécontente. Elle a dû sortir pendant que nous étions à l'église, ajouta-t-elle en baissant la tête.

— C'était il y a combien de temps ?

— Quatre ou cinq heures.

— Mon Dieu... Vous ne comprenez donc pas qu'elle risque de mourir ?

— Bien sûr que si. Je ne suis pas aveugle.

Ils avaient envie de s'entretuer, tant ils étaient

terrifiés à l'idée de perdre cette jeune femme qu'ils aimaient, chacun à sa manière. Mais, par chance, l'ambulance arriva rapidement et l'emmena dans un hôpital que Nicolas connaissait bien. Il expliqua rapidement aux médecins ce qu'il savait.

A aucun moment Danina ne reprit conscience avant l'opération. Celle-ci dura plus de deux heures ; enfin, le chirurgien vint voir Mme Markova et Nicolas, qui, assis en silence dans la petite salle d'attente nue et glaciale, échangeaient des regards hostiles.

— Comment va-t-elle ? demanda aussitôt Nicolas.

Le chirurgien ne semblait guère optimiste. Ils étaient passés tout près d'un désastre, et l'on faisait à Danina sa quatrième transfusion d'affilée.

— Si elle s'en sort, déclara-t-il solennellement, je pense qu'elle pourra encore avoir des enfants. Mais il n'est pas encore certain qu'elle survive. Elle a perdu énormément de sang. Celui ou celle qui lui a fait ça était un véritable boucher.

Il expliqua la situation à Nicolas d'un point de vue médical. Non seulement l'hémorragie continuait, mais ils craignaient une infection.

— Ça ne va pas être facile pour elle, déclara ensuite le chirurgien à Mme Markova. Si elle s'en tire, elle devra rester ici plusieurs semaines, voire plus. Nous en saurons davantage demain matin, si elle passe la nuit. Pour l'instant, nous avons fait tout notre possible pour la sauver.

Lorsqu'il se tut, Mme Markova pleurait doucement.

— Puis-je la voir ? demanda Nicolas, épouvanté par les commentaires de son confrère.

— Vous ne pouvez rien faire pour elle maintenant, répondit ce dernier. Elle est toujours inconsciente et risque de ne pas reprendre connaissance avant un bon moment.

— J'aimerais être à son côté lorsqu'elle se réveillera, insista Nicolas d'une voix calme.

Il était encore sous le choc et n'arrivait pas à croire qu'il n'eût rien pu faire pour empêcher Danina de commettre l'irréparable. Ils auraient trouvé un moyen... Il y avait pensé toute la nuit et avait passé toutes les solutions possibles dans sa tête. Elle n'aurait jamais dû risquer sa vie pour résoudre le problème. Tout aurait fini par s'arranger.

On le laissa pénétrer dans la salle d'opération, où elle se trouvait toujours. En dépit des transfusions de sang, elle lui parut encore très pâle. Il s'assit en silence à son côté et prit sa main libre entre les siennes. Des larmes roulaient sur ses joues et il pensait aux moments passés avec elle, à son amour pour elle. Il aurait aimé tuer la personne qui avait fait cela à Danina.

Dans la salle d'attente, Mme Markova était envahie par des émotions très semblables. Mais elle n'aurait pu lui être d'aucun secours ; tous deux étaient perdus dans leurs pensées, leur monde respectif, tandis que Danina luttait pour rester en vie.

Il était presque minuit lorsque, enfin, elle reprit connaissance. Elle poussa un gémissement. Ses lèvres étaient sèches, et elle pouvait à peine ouvrir les yeux, mais lorsqu'elle tourna la tête, elle vit aussitôt Nicolas et un sanglot la secoua. Elle venait de se rappeler ce qui s'était passé, et ce qu'elle avait fait à leur enfant.

— Oh, Danina, je suis tellement désolé...

Il la prit dans ses bras en pleurant, et il la supplia de lui pardonner de l'avoir mise dans cette situation. Il ne la réprimanda pas pour ce qu'elle avait fait ; il était trop tard, et elle avait déjà payé très cher.

— Comment as-tu pu en arriver là ? demanda-t-il seulement. Pourquoi ne m'as-tu pas parlé avant de faire ça ?

— Je savais que... que tu... ne me laisserais jamais... Je suis désolée...

Ils étaient tous deux en larmes, anéantis de chagrin. A présent, cependant, seul comptait, pour Nicolas, le rétablissement de Danina. Il lui suffisait de la regarder pour savoir que sa convalescence durerait longtemps, même si elle était tirée d'affaire, comme le confirma le chirurgien le lendemain matin.

Par respect pour elle, Nicolas alla annoncer la bonne nouvelle à Mme Markova, qui l'accueillit avec des larmes de soulagement. Après s'être assurée que tout irait bien, elle quitta l'hôpital ; le chirurgien comme Nicolas estimaient, en effet, qu'il était trop tôt pour que Danina reçût des visites.

Nicolas, lui, ne quitta pas son chevet avant

ce soir-là. Il ne rentra chez lui que le temps de changer de vêtements et de vérifier qu'Alexis allait bien. Le Dr Botkin lui assura que oui et qu'il pouvait le remplacer au chevet du tsarévitch aussi longtemps que nécessaire. Nicolas lui avait dit qu'une de ses amies était gravement malade et hospitalisée et qu'il devait rester auprès d'elle. Son collègue ne lui avait pas demandé de précisions : il n'avait eu aucun mal à deviner qui était cette mystérieuse amie.

— Comment va-t-elle ? demanda-t-il avec douceur, peiné par la mine ravagée de Nicolas et son expression angoissée.

— Ça devrait aller, du moins je l'espère, répondit Nicolas d'un ton las.

Il retourna auprès de Danina en fin de soirée et passa de nouveau la nuit à côté d'elle, sans dormir. Elle alternait périodes de sommeil, de conscience et de délire. Au cours de ces dernières, il lui arrivait de murmurer des mots sans suite ou de s'adresser à des personnages invisibles. A deux reprises, elle appela Nicolas et le supplia de l'aider. Il avait le cœur brisé de la voir ainsi. Pendant toute la nuit, il lui tint la main en silence, songeant à l'avenir et aux autres enfants qu'il espérait avoir avec elle.

Les saignements ne cessèrent complètement que deux jours plus tard. L'effet des transfusions put alors se faire sentir. Danina était encore trop faible pour s'asseoir, mais il put lui faire avaler un peu de soupe et de gruau. On lui avait installé un lit de camp dans la chambre, mais il ne s'autorisa à dormir que lorsqu'elle-même recouvra un sommeil paisible. Il était épuisé, mais profondément heureux que Danina eût survécu.

— Comment te sens-tu, aujourd'hui ? demanda-t-il avec douceur le troisième jour.

— Un peu mieux, mentit-elle.

Elle ne se rappelait pas que les autres filles eussent été aussi malades dans la même situation. Certes, on entendait souvent parler de femmes ayant succombé aux suites d'un avortement, mais elle n'avait pas réellement eu conscience des risques qu'elle prenait. De toute façon, elle serait tout de même allée jusqu'au bout : elle avait l'impression de n'avoir pas eu le choix, et même maintenant, elle était persuadée que Nicolas et elle n'auraient pas pu élever un bébé. Cela aurait tout détruit : l'existence entière de Nicolas, sa carrière à elle. Pour l'instant, ils avaient à peine assez de place l'un pour l'autre dans leurs vies, alors un enfant... Leur quotidien était fait de moments volés, d'espoirs et de promesses. Ils n'avaient rien à offrir à un enfant.

— Je veux que tu viennes à Tsarskoïe Selo avec moi, dit-il.

Elle avait les yeux fermés, mais il savait que cette fois elle l'entendait. D'ailleurs, elle battit des paupières et le regarda.

— Tu pourras séjourner de nouveau dans la maison. Personne n'a à savoir pourquoi tu es malade ou ce qui s'est passé.

Mais il était conscient de l'extrême faiblesse de Danina. Elle ne pourrait se déplacer avant un certain temps, d'autant que les médecins craignaient toujours une infection, qui pourrait lui être fatale.

— Je ne peux pas m'imposer de nouveau à la tsarine, protesta-t-elle faiblement.

Pourtant, elle ne souhaitait rien tant que d'être avec lui dans la petite maison, comme par le passé. Vivre avec lui était si doux... Mais elle ne pouvait pas quitter une nouvelle fois l'école de danse. Cette fois, si elle s'en allait, Mme Markova ne la reprendrait pas et ne lui pardonnerait pas de l'avoir abandonnée de nouveau, malade ou pas. Danina avait déjà payé très cher sa dernière convalescence loin de Saint-Pétersbourg, et elle ne pouvait se permettre de se faire exclure de l'école : Nicolas était dans l'incapacité de l'aider, il n'était pas libre de l'épouser et n'avait pas les moyens de l'entretenir.

— Tu ne pourras pas danser avant un certain temps, observa-t-il prudemment, avant de se décider à lui révéler le fruit de ses réflexions. Je voudrais que tu réfléchisses à une idée qui m'est venue. J'ai envisagé des centaines de moyens de résoudre nos problèmes, pendant que tu étais encore inconsciente. Nous ne pouvons pas continuer ainsi : Mary ne cédera jamais, il me faudra des années pour t'acheter une maison, et entre-temps Mme Markova te gardera sous sa coupe. Je veux être avec toi, Danina. Je veux que nous ayons une vie ensemble, loin de tout cela, de tous les gens qui veulent nous séparer. Loin d'ici, dans un endroit où nous pourrons tout recommencer. Nous ne serons pas mariés, mais personne ne le saura.

Puis il ajouta d'une voix très douce :

— Ailleurs, nous pourrons même avoir des enfants.

A ces mots, une expression douloureuse passa sur les traits de Danina, et il serra sa main dans la sienne. Tous deux souffraient intensément de la perte de leur bébé.

— Je ne vois pas où nous pourrions aller, objecta Danina. Comment ferions-nous pour vivre ? Si Mme Markova me discrédite, aucune autre troupe ne voudra de moi...

Elle pensait à Moscou et aux autres villes russes, mais pas lui. Son plan était bien plus audacieux que cela.

— J'ai un cousin en Amérique, dans un endroit appelé le Vermont. C'est dans le Nord-Est, et il dit que cela ressemble beaucoup à la Russie. J'ai mis assez d'argent de côté pour nous acheter deux allers simples. Au début, nous pourrions vivre avec lui. Je trouverais un travail, et toi, tu deviendrais professeur de danse quelque part.

Danina savait que, grâce à sa femme, Nicolas parlait parfaitement anglais, mais ce n'était pas son cas. Elle n'arrivait pas à concevoir la vie dans un monde si éloigné du leur, et cette seule pensée la terrorisait.

— Comment ferions-nous, Nicolas ? Pourrais-tu être médecin, là-bas ? demanda-t-elle.

— Pas immédiatement, reconnut-il. Il faudrait que je retourne à l'université en Amérique, ça prendrait un certain temps. Mais, en attendant, j'aurais toujours la possibilité de faire d'autres choses.

Mais lesquelles ? s'interrogeait-elle. Travailler dans les champs ? Nettoyer des écuries ? S'occuper de chevaux ? Pour elle, la situation semblait sans espoir. Elle était certaine qu'il n'y avait pas de troupes de danse dans ce fameux Vermont. A qui enseignerait-elle la danse classique ? Qui accepterait de les embaucher, Nicolas et elle ? Comment arriveraient-ils là-bas, pour commencer ?

— Tu dois me laisser organiser tout cela, Danina, insista Nicolas. C'est notre seul espoir. Nous ne pouvons pas rester ici.

Mais partir impliquait toute une série de trahisons : il devrait abandonner sa femme et ses enfants, le tsar et sa famille, qui s'étaient montrés si bons envers lui, et elle Mme Markova et le Mariinsky, son seul foyer depuis sa plus tendre enfance. Elle avait consacré son existence, son âme et son corps à la danse, et, en échange, cette dernière avait façonné sa vie. Que ferait-elle dans ce Vermont ? Et si Nicolas se lassait d'elle et l'y laissait toute seule ? C'était la première fois qu'une telle pensée l'effleurait, mais elle avait peur, comme il le comprit d'ailleurs lorsque leurs regards se croisèrent.

— Je ne sais pas... C'est si loin... Et si ton cousin ne voulait pas de nous ?

— Impossible. C'est un homme très gentil. Il est plus âgé que moi, veuf sans enfants. Cela fait des années qu'il m'invite à lui rendre visite. Si je lui dis que nous avons besoin de lui, il n'hésitera pas à nous aider. Il possède une grande maison et est assez aisé : il est propriétaire d'une banque et vit seul. Il nous accueillerait volontiers. Danina, c'est notre seule chance d'avoir un avenir ensemble. Nous devons recommencer une nouvelle vie quelque part et oublier tout ce que nous avons connu ici.

Elle désirait de tout son cœur être avec lui mais n'était pas sûre d'être capable de tout laisser derrière elle ainsi.

— N'y pense pas maintenant, reprit Nicolas. Soigne-toi, reprends des forces et nous en reparlerons. Dans l'intervalle, j'écrirai à mon cousin et nous verrons ce qu'il me dira.

— Nicolas, personne ne nous pardonnerait jamais une telle défection.

Cette seule pensée l'emplissait de terreur et de chagrin.

— Que pouvons-nous espérer ici, mon amour ? Des moments volés, quelques semaines de bonheur par an quand la tsarine t'invitera à Tsarskoïe Selo ou à Livadia ? Je veux que nous vivions ensemble. Je veux me réveiller à côté de toi chaque matin, veiller sur toi quand tu seras malade... Je veux que ce qui vient de se produire ne puisse plus jamais nous arriver. Danina, je veux avoir des enfants avec toi.

Elle aussi rêvait de la vie qu'il lui décrivait, mais, pour l'obtenir, tous deux devraient blesser ceux qu'ils aimaient, et elle ne pouvait s'y résoudre.

— Et mon père, mes frères ?

En Russie, elle avait une famille, une histoire,

une vie. Comment renier tout cela ? Et pourtant, lui était prêt à le faire par amour pour elle, alors qu'il avait bien plus à perdre. Il lui faudrait abandonner sa femme, ses enfants et sa carrière pour être avec elle.

— Tu m'as dit toi-même que tu ne voyais jamais ta famille, lui rappela-t-il.

Depuis près de deux ans, son père et ses frères étaient au front et ne pouvaient venir la voir que très rarement.

— Ils seraient contents pour toi, ajouta-t-il, désespérément désireux de la convaincre. Tu ne pourras pas danser jusqu'à la fin de tes jours, Danina.

Mais alors même qu'il prononçait ces mots, la jeune femme se remémora tout ce que lui avait dit Mme Markova au fil des ans.

— Je pourrai enseigner, ensuite, comme Mme Markova, fit-elle valoir.

— Dans le Vermont aussi. Tu pourras peut-être même ouvrir ta propre école. Je t'y aiderai.

Il semblait extrêmement confiant et sûr de lui.

— Je dois réfléchir, dit-elle, épuisée par la perspective de devoir prendre une décision aussi grave.

— Repose-toi, maintenant. Nous en reparlerons plus tard.

Elle hocha la tête et ne tarda pas à sombrer de nouveau dans le sommeil, un sommeil entrecoupé de cauchemars dans lesquels elle se retrouvait seule, abandonnée au milieu d'une ville inconnue et hostile. Elle n'arrêtait pas de rêver qu'elle perdait Nicolas dans le labyrinthe des rues et marchait en tous sens, éperdue, sans jamais le retrouver. Lorsqu'elle se réveilla, il était parti, et elle fondit en larmes, accablée par la peur et la solitude. Il lui avait laissé un mot expliquant qu'il était allé voir Alexis et reviendrait dans la matinée.

Elle resta deux semaines à l'hôpital et, à son départ, le chirurgien qui l'avait opérée lui ordonna de demeurer au lit encore deux semaines. Nicolas voulait qu'elle passe sa convalescence dans la maison que la tsarine avait l'habitude de lui prêter à Tsarskoïe Selo, mais Mme Markova s'y opposa violemment. Elle voulait que Danina retourne à l'école de danse, et affirma que Tsarskoïe Selo était trop loin et que le voyage la fatiguerait. Cette fois, Danina n'eut pas le courage de s'élever contre la directrice, bien décidée à la garder à l'œil. Mme Markova n'avait pas envie que sa danseuse étoile disparût de nouveau pendant quatre mois avec son amant. Elle se montra inflexible et, devant sa détermination, Danina n'eut d'autre choix que de retourner à l'école.

Comme il l'avait fait lorsqu'elle avait été malade la première fois, Nicolas vint la voir tous les jours et resta près d'elle aussi longtemps que possible, quelques heures au moins à chaque fois, avant de retourner à ses obligations. Il s'asseyait près d'elle lorsqu'elle se reposait dans sa chambre et lui offrait son bras quand elle faisait quelques pas au jardin. Bien souvent, il lui parlait du Vermont et de son cousin. Il était convaincu que partir était le seul moyen pour eux d'être ensemble, et il voulait qu'ils s'enfuient dès que possible. Il suggéra le début de l'été.

— La saison sera terminée, à ce moment-là. Tu auras eu le temps de finir ce que tu voulais faire. Nous devons choisir une date et nous y tenir. De toute façon, il n'y aura jamais de moment parfait, il faut saisir l'occasion et foncer.

Danina aurait alors vingt-deux ans et lui presque quarante et un. Ils seraient encore assez jeunes pour commencer une nouvelle vie en Amérique, comme tant d'autres avant eux.

Danina promit d'y réfléchir, et c'est ce qu'elle fit, constamment. Sa peur de tout abandonner pour aller dans le Vermont l'obsédait. Mme Markova sentait bien que quelque chose n'allait pas : Danina était toujours pâle et fatiguée, et parfois, après le départ de Nicolas, elle paraissait profondément malheureuse. Il lui demandait de lier son destin au sien, de le suivre à l'autre bout du monde, de lui faire entièrement confiance. Et c'était beaucoup lui demander, même si elle l'aimait à la folie.

— Quelque chose te trouble, Danina, observa prudemment Mme Markova une après-midi, lorsqu'elle vint la voir et s'assit près de son lit.

Nicolas venait juste de la quitter et, comme toujours, ils avaient parlé de leur avenir. Du Vermont. De son cousin. De leur départ de Russie. Et de la danse.

— Il te demande de nous quitter, n'est-ce pas ? demanda Mme Markova avec sagesse.

Danina ne répondit pas. Elle ne voulait ni mentir ni admettre la vérité.

— C'est toujours ainsi, poursuivit la directrice. Ils tombent amoureux de ce que vous êtes, et ensuite ils veulent vous l'enlever... Je t'assure que si tu nous quittes, Danina, ça te tuera. Tu ne seras plus rien. Et le jour où il te laissera pour quelqu'un de plus intéressant ou de plus jeune, tu regretteras éternellement la partie de ton cœur que tu auras laissée ici.

Dans sa bouche, cela sonnait comme une sentence de mort, et c'était précisément ce dont il s'agissait, d'une certaine manière. En même temps, Danina savait que, sans ce sacrifice, elle ne connaîtrait jamais le bonheur dont elle rêvait... Certes, son départ marquerait la fin de sa vie de ballerine, mais ce serait aussi le début d'une nouvelle existence avec Nicolas.

— S'il t'aimait vraiment, Danina, il ne te demanderait pas de nous quitter.

— Et quand je serai vieille, que me restera-t-il, si je reste ici et que je le perds, lui ?

— Une vie dont tu te souviendras avec fierté. Personne ne pourra jamais t'enlever ça. Lui ne peut t'offrir qu'une existence honteuse. C'est un homme marié, et sa femme ne le quittera pas. Tu seras toujours sa maîtresse, la petite danseuse de ballet avec qui il couche, rien de plus.

Danina, cependant, savait qu'il y avait bien plus entre eux qu'une simple histoire de sexe.

— Dans votre bouche, notre histoire a l'air misérable, alors qu'elle ne l'est pas.

— C'est toujours la même chose. Très

romantique au début, un véritable rêve. Jusqu'au jour où l'on se réveille et où l'on se rend compte que ce n'était qu'un cauchemar. Ta vie ici est la seule qui aura jamais un sens pour toi. Tu t'es battue pour devenir ce que tu es aujourd'hui, tu as sué sang et eau. Vas-tu vraiment faire une croix sur toutes ces années de travail pour un homme qui ne pourra même pas t'épouser ? Pense à ce qui vient de t'arriver. Etait-ce si beau que ça ? Si romantique ?

C'était une remarque cruelle, et Danina en fut révoltée. Cependant, elle ne pouvait s'empêcher de réfléchir aux paroles de Mme Markova. Et si elle avait raison ? Et si Nicolas l'abandonnait un jour, et si elle regrettait toute sa vie d'avoir tourné le dos à la danse ? Si elle détestait le Vermont, s'ils n'étaient pas heureux ensemble ? Qui pouvait connaître les réponses à toutes ces questions ? Nicolas ne lui offrait que des promesses, des espoirs et des rêves, aucune certitude.

Tout de même, il était prêt à abandonner la médecine pour elle, et sa sécurité, la vie qu'il menait depuis quinze ans avec sa famille. Il acceptait de tout sacrifier par amour. Pourquoi ne pouvait-elle en faire autant pour lui ?

— Tu dois te donner le temps de la réflexion, reprit Mme Markova, et prendre la bonne décision.

Pour elle, naturellement, prendre la bonne décision signifiait rester à l'école de danse et oublier Nicolas, mais Danina savait que ce serait impossible. Quitter le ballet risquait de gâcher sa vie, elle en était consciente, mais perdre Nicolas la tuerait.

Rien qu'à cette pensée, elle frissonna et porta instinctivement la main à son pendentif. Elle était profondément amoureuse de Nicolas. Peut-être même assez pour tout risquer et le suivre. A présent, il ne lui restait plus qu'à réfléchir et sonder son cœur.

Sur ces entrefaites, Mme Markova la laissa seule avec ses pensées. Elle sentait qu'elle avait semé le doute dans l'esprit de Danina et espérait désormais que la jeune femme comprendrait qu'elle commettrait une énorme erreur en abandonnant la danse. Elle voulait que Danina songe à la solitude et au chagrin qui seraient les siens si elle quittait l'école.

Mme Markova n'avait jamais connu ni voulu connaître d'autre existence, et à présent elle rêvait de transmettre son héritage à Danina. Elle était entrée en danse comme d'autres en religion et ne concevait pas qu'on pût échapper à la fascination du ballet.

Pour Danina en revanche, rester à l'école de danse équivalait à renoncer à un avenir avec Nicolas. D'une certaine manière, c'était abandonner tout espoir. Mais quitter la Russie avec lui revenait à renier à jamais son être profond. C'était un choix épouvantablement douloureux. Quelle que fût sa décision, elle devrait consentir à des sacrifices inimaginables. Il ne lui restait plus qu'à prier pour que la bonne réponse lui vînt...

8

Danina ne reprit les cours qu'un mois plus tard, le 1er avril. Il y avait encore de la neige, dehors, et de nouveau elle était contrainte de travailler plus dur que jamais pour retrouver son niveau, mais cette fois, ce fut plus rapide. Elle était plus forte qu'après sa grippe.

Au bout d'une semaine, elle put reprendre les répétitions, et dès le début du mois de mai, elle participait de nouveau à des représentations. Cela faisait plus d'un an qu'elle avait quitté Nicolas, après leur long séjour idyllique dans la maison prêtée par le tsar. En un an, peu de choses avaient changé entre eux. Ils étaient toujours profondément amoureux l'un de l'autre, lui était toujours marié et vivait toujours avec sa femme et ses enfants, et elle était toujours à l'école de danse. Ils n'étaient pas plus près qu'alors de trouver une solution à leurs problèmes. Mary Obrajensky semblait même plus fermement décidée que jamais à rester avec son mari, et en un an les deux amants n'avaient quasiment pas réussi à économiser d'argent. Ils n'avaient qu'une certitude : ils souhaitaient toujours vivre ensemble. Mais ils ignoraient comment atteindre ce but. Danina n'arrivait pas à se résoudre à suivre Nicolas dans le Vermont ; elle trouvait que c'était un trop grand changement, que les Etats-Unis étaient trop loin, trop étrangers à son univers. Et Nicolas continuait à essayer de la convaincre en faisant appel à toute sa douceur et à toute sa persuasion.

En juin, l'une des grandes-duchesses tomba malade, et les deux médecins du tsar durent s'occuper d'elle en permanence. Nicolas n'eut pas beaucoup de temps à consacrer à Danina. Il voulait venir la voir mais ne pouvait s'éloigner du palais, ce qu'elle comprenait parfaitement.

Au début du mois de juillet, une nouvelle tragédie frappa la jeune danseuse : son frère aîné fut tué au front. C'était le second frère que la guerre lui arrachait. Son père lui écrivit une lettre. Il avait le cœur brisé d'avoir perdu son fils ; il était avec lui lorsqu'ils avaient été bombardés, mais par chance lui avait survécu. Son aîné, en revanche, avait été blessé et était mort peu après.

Pendant des semaines, Danina accusa le coup. Elle n'avait plus aucune énergie et se concentrait difficilement sur son travail. Tout le monde autour d'elle comprenait ce qu'elle ressentait, car rares étaient les danseurs qui n'avaient pas perdu un frère, un père ou un ami à la guerre.

L'un des professeurs avait même perdu ses deux fils au mois d'avril. Même dans leur monde protégé, il était devenu impossible d'ignorer ce qui se passait à l'extérieur.

La seule chose qui remontât le moral à Danina était la perspective d'un nouveau mois de vacances à Livadia en compagnie de Nicolas et de la famille impériale. Cette fois, Mme Markova n'essaya pas de s'opposer à son départ. Nicolas et elle avaient conclu une sorte de trêve gênée après l'hospitalisation de Danina. La directrice savait que Nicolas Obrajensky lui aurait volontiers volé sa danseuse étoile, mais dans la mesure où cette dernière ne paraissait pas décidée à s'en aller ou à abandonner la danse pour lui, elle ne disait rien. En fait, elle était convaincue désormais que Danina n'aurait jamais le courage de quitter l'école. La danse était trop importante pour elle, elle faisait trop partie des fibres mêmes de son être.

Le tsar n'était pas à Livadia cette année-là, mais auprès de ses troupes. Il estimait de son devoir de rester à leur côté. La tsarine et les grandes-duchesses, en revanche, s'autorisèrent à quitter quelques jours l'hôpital où elles soignaient les soldats blessés et retrouvèrent avec plaisir Danina, Alexis et les deux médecins à Livadia. Tous étaient de vieux amis maintenant, et Danina et Nicolas passèrent un séjour merveilleux, magique, comme hors du temps. Ils avaient l'impression d'être loin de tous les soucis, des problèmes insolubles, des horreurs de la guerre. A Livadia, ils étaient protégés des réalités qui menaçaient d'engloutir le reste du monde.

Chaque après-midi, ils faisaient des pique-niques, de grandes promenades à pied ou en bateau, ils nageaient ; Danina avait l'impression de retomber en enfance et passait des heures à jouer avec Alexis. Il avait eu une année difficile et paraissait plus frêle que jamais, mais, entouré par sa famille et tous ceux qu'il aimait, il était heureux.

Nicolas essayait toujours de convaincre Danina de l'accompagner dans le Vermont, mais elle continuait à se montrer vague dans ses réponses. Mme Markova, qui savait exactement comment l'inciter à rester à Saint-Pétersbourg, lui avait donné des rôles importants dans tous les ballets programmés l'année suivante. En fin de compte, Nicolas et Danina tombèrent d'accord pour ne plus parler du Vermont avant Noël, c'est-à-dire avant la fin de la première partie de la saison. Cet arrangement ne satisfaisait guère Nicolas, mais il était prêt à faire des efforts par amour pour elle.

Il se réjouit d'ailleurs bientôt de n'être pas parti : en septembre, en effet, son fils cadet attrapa la typhoïde et faillit en mourir. Nicolas et le Dr Botkin durent faire appel à toutes leurs connaissances pour le sauver. Danina était angoissée et envoyait quotidiennement des lettres à son amant pour prendre des nouvelles de l'enfant. Elle savait combien Nicolas adorait ses fils et imaginait sans peine ce qu'il devait éprouver. Ç'aurait été un désastre, songeait-elle, s'il s'était trouvé dans le Vermont au moment de la maladie du jeune garçon. Il ne se le serait jamais pardonné, et si l'enfant avait succombé, il se serait éternellement senti coupable.

Cela ne fit que renforcer la certitude de Danina : s'enfuir aux Etats-Unis serait une grave erreur. Trop de gens qu'ils aimaient vivaient en Russie, ils y avaient trop d'obligations qu'ils ne pouvaient ni ignorer ni délaisser.

En dépit de ses problèmes de santé, elle dansait encore mieux qu'autrefois. Chaque fois qu'elle participait à un spectacle, les gens en parlaient pendant des jours, et son nom était célèbre dans toute la Russie. Elle était, sans conteste, la plus grande danseuse étoile de sa génération. Nicolas était extrêmement fier d'elle et plus amoureux que jamais. Il venait la voir danser dès qu'il le pouvait, et, en novembre, il eut ainsi l'occasion de rencontrer son père et l'un de ses frères. Deux seulement avaient survécu à la guerre, et l'un avait récemment été blessé, mais il était à Moscou et se remettait bien.

Le père et le frère de Danina ignoraient qui était Nicolas pour elle et combien elle l'aimait, mais ils parurent bien s'entendre avec lui. Nicolas souhaita bonne chance aux deux hommes au moment de les quitter et complimenta le colonel sur sa fille, aussi exceptionnelle que talentueuse. Le vieux militaire sourit avec fierté. Il était facile de voir combien il aimait sa cadette, et combien il se réjouissait de l'avoir orientée vers la danse. Il était persuadé qu'elle y consacrerait toute sa vie et aurait été le premier étonné si on lui avait dit qu'elle envisageait d'abandonner le ballet pour vivre avec Nicolas.

Quand Noël arriva, Danina avait hâte de partir pour Tsarskoïe Selo et de retrouver Nicolas dans la petite maison qu'ils considéraient presque comme la leur, désormais. Tout aurait été si simple, pour eux, s'ils avaient pu s'y installer pour de bon ! Hélas, ce n'était pas possible. Ils ne pouvaient voler au destin que quelques jours de temps en temps, quelques semaines tout au plus.

Danina se rendit à la fête de Noël du tsar au bras de Nicolas. En raison de la guerre, il ne s'agissait pas d'un grand bal comme ceux qui étaient donnés autrefois à la cour, mais les souverains avaient tout de même réussi à inviter plus d'une centaine d'amis.

Danina était éblouissante dans une robe en velours rouge bordée d'hermine que la tsarine lui avait offerte. En vérité, elle avait autant d'allure que la tsarine elle-même, et tous les invités se retournaient sur son passage, s'émerveillant de sa beauté et de sa grâce. Nicolas, debout à côté d'elle, sa main dans la sienne, évoquait un prince de contes de fées.

— Je me suis bien amusée, ce soir, pas toi ? dit-elle comme ils rentraient en traîneau après la soirée.

Il était prévu qu'ils déjeunent de nouveau au palais le lendemain. Danina adorait partager ainsi sa vie avec Nicolas. Dans ces moments-là, elle avait un peu l'impression d'être mariée avec lui. Cela faisait près de deux ans qu'ils étaient ensemble.

La soirée avait été parfaite, en dépit des rumeurs inquiétantes qui avaient couru de groupe en groupe. On parlait de révolution, d'agitation au sein du peuple. Cela aurait pu sembler absurde, mais les incidents s'étaient multipliés dans les villes, et le tsar se refusait toujours à intervenir. Il disait que le peuple avait le droit de s'exprimer, et qu'il était bon pour les gens de se défouler de temps en temps. Malgré tout, récemment, il y avait eu plusieurs émeutes à Moscou, et l'armée s'inquiétait de plus en plus. Le père et le frère de Danina lui en avaient parlé, lors de leur dernière visite.

Danina et Nicolas en discutèrent au moment d'entrer dans la maison, et, pour la première fois, le médecin reconnut que la situation commençait à le préoccuper.

— Je crois que le problème est beaucoup plus grave que nous ne voulons bien le croire, dit-il avec un froncement de sourcils inquiet. Et je crains que le tsar ne soit bien naïf s'il espère que l'agitation cessera d'elle-même. Il est temps de frapper un grand coup.

Mais peut-être n'en avait-il pas la possibilité ? Il avait déjà tant de problèmes ! En Pologne et en Galicie, l'armée russe avait subi des pertes énormes, et les émeutes de Moscou paraissaient bien dérisoires, comparées à la guerre et à ce qu'elle coûtait au pays en hommes et en ressources.

— L'idée d'une révolution semble si exagérée ! observa Danina. Je n'arrive même pas à concevoir une chose pareille ici. Qu'est-ce que cela signifierait ?

— Qui peut le dire ? Peut-être pas grand-chose. Sans doute rien. Après tout, ces fameux révolutionnaires ne sont que quelques mécontents qui font beaucoup de bruit. Ils risquent de brûler quelques maisons, de voler des bijoux et des chevaux, de donner une petite leçon aux riches, et puis tout rentrera dans l'ordre. Ce ne sera probablement pas plus sérieux que ça. La Russie est trop grande, trop puissante pour changer. La vie sera peut-être un peu moins plaisante pendant quelque temps, et un peu plus dangereuse pour le tsar et sa famille ; mais, Dieu merci, ils sont bien protégés.

— S'il arrive quoi que ce soit, je veux que tu fasses très attention, le prévint-elle tandis qu'il l'aidait à ôter sa robe.

Elle se rendait compte qu'en cas de révolution il courrait de gros risques.

— Si tu appréhendes ce qu'il risque de se passer ici, il y a une solution, fit-il remarquer.

Il avait tenu sa promesse et n'avait plus fait allusion à leur départ éventuel pour le Vermont depuis des mois. Mais Noël était passé, à présent, et le moment d'en reparler était arrivé. Depuis le mois de septembre, il y avait réfléchi encore davantage, et il espérait cette fois parvenir à la convaincre de le suivre.

— Quelle solution ? demanda-t-elle d'un ton faussement innocent en enlevant ses boucles d'oreilles, des perles au-dessous desquelles pendaient de minuscules rubis.

C'était un cadeau qu'il venait de lui faire, et qui l'avait beaucoup touchée. Ces boucles d'oreilles avaient fait merveille avec la robe offerte par la tsarine.

— Le Vermont, lui rappela-t-il. Il n'y a pas de révolution en Amérique. Pas de guerre à venir. Nous pourrions être heureux, là-bas, Danina, et tu le sais.

Elle commençait à manquer d'excuses pour refuser d'en discuter avec lui. En vérité, elle mourait d'envie d'être avec lui, mais à aucun moment, au fil des derniers mois, elle ne s'était sentie prête à quitter l'école de danse et à changer de vie de façon aussi drastique. Et puis, peut-être Mary finirait-elle par accepter le divorce ?

— Peut-être un jour, dit-elle d'une voix mélancolique.

Elle aurait aimé avoir le courage de partir avec lui, mais en même temps elle ne pouvait concevoir d'abandonner leur monde familier. Elle était tiraillée : d'un côté il y avait Mme Markova et la danse, de l'autre Nicolas et tout ce qu'il lui promettait.

— Tu m'avais promis d'accepter d'en reparler à Noël, lui rappela-t-il avec tristesse.

Il commençait à craindre qu'elle ne quitte jamais l'école de danse et qu'ils demeurent éternellement dans la même situation bâtarde, obligés d'attendre pour vivre ensemble que sa femme meure, change d'avis, ou qu'il hérite soudain d'une grosse somme d'argent, toutes choses hautement improbables. Ici, Danina ne serait jamais que sa maîtresse, et ils ne pourraient passer plus de quelques semaines par an ensemble. Partir dans le Vermont était leur seul espoir de commencer une nouvelle vie tous les deux.

— Je recommence les répétitions après l'Epiphanie, observa-t-elle.

— Et ensuite, tu danseras constamment, et ce sera de nouveau l'été... Puis l'automne, une nouvelle représentation du *Lac des cygnes*... Et Noël encore. Le temps passe, et nous ne serons pas jeunes éternellement, Danina, lui rappela-t-il, les yeux pleins de chagrin. Si nous restons ici, nous serons vieux avant d'avoir jamais vécu ensemble.

— Je ne peux pas m'en aller comme ça, Nicolas, dit-elle avec douceur.

Elle était tout aussi amoureuse de lui que lui d'elle, peut-être même plus, mais elle n'avait que trop conscience de ce qu'il lui faudrait sacrifier pour partir avec lui.

— Je ne peux pas laisser tomber Mme Markova du jour au lendemain. Je lui dois tant !

— Mais tu dois plus encore à notre couple, mon amour. Mme Markova ne sera pas là pour s'occuper de toi quand tu seras vieille et ne pourras plus danser. Personne ne sera là. Elle sera morte. Nous devons être présents l'un pour l'autre, toi et moi.

— Je serai là, promit-elle avec ferveur.

Il l'attira dans ses bras. Elle portait de jolis

sous-vêtements en soie bordée de dentelle, et il la souleva sans difficulté pour l'emmener jusqu'au lit où ils avaient fait l'amour pour la première fois, et où ils aimaient encore tant se retrouver.

— Peut-être que tu te lasseras de moi, un jour, si nous sommes ensemble tout le temps, observa-t-elle d'une voix ensommeillée en se blottissant contre lui lorsqu'ils eurent fait l'amour.

— Ne t'inquiète pas, répondit-il avec un sourire.

Il se pencha pour déposer un baiser sur son épaule. Il la trouvait de plus en plus belle, à mesure que le temps passait.

— Je ne me lasserai jamais de toi, Danina. Viens avec moi, la pressa-t-il encore.

Doucement, elle hocha la tête, déjà à moitié endormie.

— Oui, je viendrai. Un jour, murmura-t-elle.

— N'attends pas trop longtemps, mon amour, la prévint-il, effrayé par un monde qui lui paraissait de plus en plus menaçant.

Il voulait quitter la Russie avec elle avant qu'il ne leur arrive quelque chose à tous. Certes, le pire semblait difficile à imaginer, mais rien n'était impossible. Des personnes haut placées commençaient à s'inquiéter ouvertement, même si le tsar continuait à ne pas entendre leurs cris d'alarme. Nicolas souhaitait mettre Danina à l'abri avant le désastre, avant qu'il ne soit trop tard, même s'il préférait ne pas lui faire part de ses craintes, de peur de la paniquer. Et puis, elle était si éloignée du monde de la politique, si protégée, dans l'univers clos de l'école de danse, qu'elle n'aurait pu saisir la gravité de la situation. Elle ne connaissait presque rien du monde extérieur et ne se rendait pas compte qu'il devenait chaque jour plus effrayant.

Comme prévu, ils déjeunèrent le lendemain avec la famille impériale et Danina enseigna à Alexis un tour de magie que lui avait montré une danseuse venue de Paris. Le jeune garçon en fut enchanté. Ils passèrent tous ensemble une longue après-midi paresseuse et merveilleusement agréable.

Cette fois, Danina resta plus de deux semaines à Tsarskoïe Selo, et ne rentra à Saint-Pétersbourg que deux jours avant les premières répétitions de son nouveau spectacle. Elle s'était entraînée quotidiennement pendant ses vacances et se sentait en pleine forme.

— Ne peux-tu partir après-demain ? lui demanda Nicolas, déchiré à l'idée de la quitter, lorsqu'elle entreprit de faire ses bagages.

— Hélas, non, il faut que je rentre avant le début des répétitions, déclara-t-elle.

Après cela, ils passèrent la fin de l'après-midi au lit à faire l'amour et à échanger secrets et promesses. Jamais Danina n'avait été plus heureuse, et jamais Nicolas et elle ne s'étaient aimés autant qu'en cet instant. C'était magique.

Lorsqu'elle lui fit ses adieux le lendemain, il promit de venir assister à son prochain spectacle.

— Tu as le temps, il faut d'abord que nous

le répétions, dit-elle en l'embrassant sur le quai de la gare.

— Je passerai te voir dans quelques jours.

— Je t'attendrai avec impatience.

Leur séjour avait été l'un des plus heureux qu'ils eussent jamais passés ensemble, et elle avait fermement l'intention de demander à Mme Markova de lui accorder une autre semaine de vacances au printemps. La directrice serait sans doute furieuse, mais si Danina dansait suffisamment bien pendant les trois mois à venir, elle se laisserait peut-être fléchir. Pour l'instant, Mme Markova se réjouissait que son étoile n'ait pris aucune décision radicale ou inconsidérée, et se montrait en conséquence un peu plus conciliante qu'auparavant.

Dès son retour, Danina recommença les cours, et le lendemain matin elle se leva à quatre heures, bien avant la première répétition prévue à sept. Aussi était-elle échauffée et sûre d'elle lorsque le professeur arriva. Elle connaissait bien le rôle qu'on lui avait attribué et était suffisamment à l'aise pour se permettre de ne pas être concentrée à cent pour cent. Elle s'autorisa même à plaisanter un peu avec d'autres danseurs et à faire des pitreries dans le dos de leur professeur : elle effectua un bond qui coupa le souffle à ses camarades, puis un pas de deux du plus haut comique avec son partenaire habituel.

Ce n'est qu'en milieu d'après-midi qu'ils firent une pause pour manger quelque chose. Ils dansaient depuis près de dix heures d'affilée, comme cela leur arrivait souvent, mais Danina n'était pas particulièrement fatiguée. Au moment de sortir de la salle, elle fit un dernier saut spectaculaire.

Une de ses camarades qui la regardait ne put retenir un petit cri lorsqu'elle la vit glisser en retombant et s'effondrer à terre, la cheville tordue.

Un silence pesant s'abattit sur la pièce. Tout le monde attendait qu'elle se relève, mais elle était très pâle et complètement immobile, et se contentait de tenir sa cheville sans un mot. Les danseurs se précipitèrent alors tous vers elle, suivis par le professeur, qui s'attendait à lui trouver une cheville foulée.

Mais elle découvrit avec horreur que le pied de Danina formait avec sa jambe un angle inquiétant. Il était d'ailleurs évident que la ballerine était sous le choc et au bord de l'évanouissement.

— Portez-la jusqu'à son lit sur-le-champ, ordonna le professeur.

Danina serrait les dents, son visage était livide et couvert d'une fine pellicule de sueur, et personne n'avait plus de doutes sur ce qui lui était arrivé : sa cheville était cassée et non simplement foulée. Un tel accident ne pardonnait pas, surtout pour une danseuse étoile. Il sonnait le glas de la carrière de Danina.

Pas un mot ne fut échangé tandis que l'on portait la jeune femme dans sa chambre. Seuls les rares gémissements de douleur étouffés de Danina rompaient le silence de mort qui avait envahi l'école.

Quelques instants plus tard, elle était allongée sur son lit. Elle portait toujours le justaucorps, le collant et les jambières avec lesquels elle avait dansé. Sans un mot, le professeur découpa le collant au moyen d'un petit couteau aiguisé, révélant une cheville qui avait déjà triplé de volume. Le pied était toujours hideusement tordu, et Danina le regardait avec une expression horrifiée.

— Allez chercher le médecin immédiatement, ordonna une voix depuis le seuil de la pièce.

C'était Mme Markova. Dans les cas comme celui-ci, l'école faisait toujours appel à un médecin spécialisé en orthopédie, le meilleur pour soigner tous les problèmes de pieds, jambes et os en général. Cependant, lorsqu'elle s'approcha et vit l'étendue des dégâts, la directrice sentit son cœur se serrer douloureusement. En un instant, à cause d'un saut banal comme elle en effectuait des centaines par jour, Danina Petroskova avait tout perdu.

Le médecin arriva moins d'une heure plus tard et confirma le pire. La cheville était méchamment cassée et il fallait conduire la jeune femme à l'hôpital. Elle avait besoin d'être opérée si elle voulait recouvrer l'usage de son pied.

Comme on l'emmenait, une douzaine de mains frôlèrent la sienne en signe d'amitié et de compassion. Tout le monde pleurait, à commencer par Danina elle-même. Elle avait été témoin de trop d'accidents semblables pour se faire des illusions. Après quinze années passées dans ces salles, tout était terminé. Et elle avait tout juste vingt-deux ans.

On l'opéra cette nuit-là, et toute sa jambe fut plâtrée. En d'autres circonstances, les médecins auraient pu se flatter d'avoir parfaitement réussi leur opération : sa jambe était de nouveau droite, et il était probable que l'accident ne lui laisserait qu'une légère claudication. Mais, dans son cas, ce n'était pas suffisant. Sa cheville avait été brisée en maints endroits, et s'il était sûr qu'elle remarcherait, jamais en revanche elle ne pourrait danser comme avant. Sa jambe ne pourrait plus supporter son poids de la même façon. Il serait tout simplement impossible de lui rendre la souplesse et la solidité qui lui étaient indispensables.

Aucune parole n'aurait pu la réconforter. Ce saut absurde avait mis un terme à sa carrière. En un instant, ce n'était pas seulement sa cheville qui avait été brisée, mais toute son existence.

Cette nuit-là, dans sa chambre d'hôpital, elle versa des larmes amères, presque aussi anéantie que lorsqu'elle avait perdu le bébé de Nicolas. Cette fois, c'était de sa propre vie qu'elle devait faire le deuil. Son rêve était mort, fin tragique qui contrastait tristement avec ses brillants débuts.

Mme Markova demeura à son côté, luttant pour ne pas pleurer elle aussi. Danina avait fait tous les sacrifices, elle s'était engagée, consacrée entièrement à son art, mais le destin n'avait pas été tendre avec elle. Il lui fallait désormais faire une croix sur sa vie de ballerine, sur tout ce pour quoi elle avait vécu et souffert pendant quinze ans.

Les médecins la renvoyèrent à l'école le lendemain. Allongée dans sa chambre, elle reçut la visite de tous ses camarades, qui lui apportaient des fleurs mais aussi des petits mots exprimant leur compassion, leur tendresse et leur chagrin. Elle avait l'impression d'être morte, et, d'une certaine manière, c'était le cas. Déjà, elle ne se sentait plus à sa place à l'école. D'ici peu, elle devrait rassembler ses affaires et s'en aller. Elle était encore trop jeune pour espérer enseigner, et, de toute façon, elle savait qu'elle n'était pas faite pour cela. Non, tout était bel et bien terminé.

Il lui fallut deux jours pour trouver la force d'écrire à Nicolas. Dès qu'il reçut la lettre, il se précipita à son chevet. Quand il la vit, avec son énorme plâtre et ses yeux rougis par le chagrin, son cœur se serra douloureusement. Pourtant, d'une certaine manière, ce terrible accident lui apparaissait aussi comme une lueur d'espoir : sans cela, jamais elle n'aurait accepté de commencer une nouvelle vie. Elle ne serait jamais partie avec lui en Amérique... Naturellement, le moment était mal choisi pour le lui dire. Elle était encore sous le choc et pleurait toujours sa carrière brisée.

Cette fois, lorsqu'il demanda à l'emmener avec lui, Mme Markova n'émit aucune objection. Elle devinait qu'il serait moins douloureux pour Danina d'être loin de l'école de danse, du moins quelque temps, et de ne plus avoir à entendre les sonneries annonçant le début des cours et les bruits de pas familiers des autres danseurs se rendant dans les salles de danse. Danina n'avait plus sa place parmi eux. Elle pourrait revenir, dans un autre contexte, mais pour l'instant, il était moins cruel de la laisser partir. Il fallait qu'elle enterre le passé et sa vie de ballerine, le plus vite possible.

9

Danina fut infiniment soulagée de pouvoir se reposer dans leur maison habituelle. La tsarine la reçut avec toute sa générosité et sa gentillesse habituelles, mais Danina mit longtemps à récupérer, cette fois, et ce fut pénible et douloureux. Quand on lui retira son plâtre, au bout d'un long mois, sa cheville était encore faible ; elle pouvait à peine s'appuyer sur sa jambe gauche et, la première fois qu'elle traversa la pièce, elle s'effondra dans les bras de Nicolas en pleurant. Elle boitait tellement que tout son corps semblait déformé.

— Ça va s'arranger, mon amour, je te le promets, essaya de la rassurer Nicolas. Tu dois me croire. Simplement, il va falloir du temps et beaucoup d'efforts.

Il mesura ses deux jambes : elles avaient toutes les deux la même longueur. Sa claudication n'était due qu'à son extrême faiblesse.

Certes, elle ne danserait plus jamais, mais au moins marcherait-elle normalement.

Au bout de quelques semaines, elle parvenait à faire plusieurs pas sans canne, mais elle boitait toujours lorsqu'elle reçut en février une lettre lui annonçant que Mme Markova était malade. La pneumonie dont souffrait la directrice ne paraissait pas trop grave, mais ce n'était pas la première, et Danina savait que cela pouvait être dangereux. Bien qu'elle fût encore vacillante sur ses jambes, elle insista pour aller voir sa vieille amie. Elle estimait de son devoir de rester à son chevet aussi longtemps que Mme Markova serait malade. La maîtresse de ballet était plus fragile qu'elle n'en avait l'air, et Danina avait peur pour sa vie.

— C'est le moins que je puisse faire, expliqua-t-elle à Nicolas.

Ce dernier comprenait sa volonté mais s'opposait tout de même à ce départ. Il y avait eu des émeutes à Saint-Pétersbourg et à Moscou, et cela l'inquiétait de l'imaginer seule et encore fragile au milieu des manifestations hostiles au tsar. Il ne pouvait pas l'accompagner, car Alexis avait encore eu des problèmes de santé qui exigeaient qu'il demeure auprès de lui.

— Allons, ne t'inquiète pas, tout ira bien, insista-t-elle.

Au bout d'une journée de discussion, il accepta enfin de la laisser partir.

— Je reviendrai dans une semaine ou deux, promit-elle, dès qu'elle ira mieux. Tu es bien placé pour savoir qu'elle s'est toujours occupée de moi quand j'étais malade, il est normal que je lui rende la pareille.

Il hocha la tête d'un air résigné ; il connaissait la force du lien qui unissait les deux femmes et devinait que Danina aurait été désespérée de ne pouvoir se rendre au chevet de son ancien professeur.

Le lendemain, il la conduisit à la gare. Après lui avoir répété de bien faire attention et de ne pas s'épuiser, il lui tendit sa canne avec un baiser et l'entoura de ses bras. La voir partir le rendait malade, même s'il comprenait ce qu'elle éprouvait, et il lui fit promettre d'aller directement à l'école de danse en voiture une fois arrivée à Saint-Pétersbourg.

En dépit de toutes les rumeurs qu'elle avait entendues, Danina eut un choc lorsque, à sa descente du train, elle découvrit que la ville où elle avait passé le plus clair de son existence était sens dessus dessous. Les gens s'attroupaient dans les rues, ils criaient et manifestaient contre le tsar. Partout, des soldats patrouillaient, et la tension était palpable. Tandis qu'elle se dirigeait vers l'école de danse, elle se força cependant à ne pas songer à tout cela. Ses pensées allaient vers Mme Markova ; elle espérait de tout son cœur que sa vieille amie n'était pas trop malade.

Elle l'avait été, apprit-elle à son arrivée, et, de fait, elle la trouva très faible et plus frêle encore qu'à l'accoutumée.

Chaque matin, Danina allait s'asseoir à côté d'elle et la suppliait d'avaler un peu de soupe et de gruau. Ce n'est qu'au bout de cinq jours qu'à son grand soulagement elle commença à constater une amélioration de son état, mais la directrice semblait tout de même avoir vieilli de plusieurs années en l'espace de quelques semaines.

Les jours consacrés à la soigner passèrent à une vitesse incroyable pour Danina. Chaque soir, elle allait se coucher épuisée, d'autant plus lasse que tous ses déplacements faisaient enfler sa cheville, redevenue douloureuse. On lui avait installé un lit de camp dans le bureau de Mme Markova : cela faisait longtemps déjà que son ancien lit avait été donné à une autre danseuse.

Elle dormait profondément, le matin du 11 mars, lorsque la foule s'amassa non loin de l'école. Elle fut réveillée par les cris et les premiers coups de feu ; elle se leva et descendit rapidement au rez-de-chaussée pour voir ce qui se passait. Les danseurs avaient déjà tous quitté les salles où ils s'échauffaient, et discutaient avec agitation dans le long couloir. Les plus braves risquaient un coup d'œil par la fenêtre, mais ils ne voyaient que des policiers qui passaient à cheval au grand galop.

Personne ne savait ce qui s'était produit. Ce n'est que plus tard dans la journée qu'ils apprirent que le tsar avait fini par ordonner que la révolution soit réprimée. En ville, plus de deux cents personnes avaient été exécutées. Les cours de justice, l'arsenal, le ministère de l'Intérieur et bon nombre de postes de police avaient été incendiés, et les manifestants avaient ouvert les portes des prisons.

En fin d'après-midi, on n'entendait plus de coups de feu, et en dépit des nouvelles alarmantes qui s'étaient succédé dans la journée, la nuit fut relativement paisible. Mais au matin, ils apprirent que les soldats avaient refusé de suivre les ordres de leurs supérieurs et de tirer sur les rebelles. Ils avaient battu en retraite et étaient retournés dans leurs casernes. La révolution avait bel et bien commencé.

Quelques-uns des danseurs s'aventurèrent dans la rue plus tard dans l'après-midi, mais ils revinrent très rapidement et barricadèrent les portes de l'école. A l'intérieur, au moins, ils étaient en sécurité. Les nouvelles, en effet, n'étaient pas bonnes et devenaient chaque jour plus effrayantes. Le 15 mars, ils apprirent que le tsar avait abdiqué en son nom et en celui du tsarévitch en faveur de son frère, le grand-duc Michel, et revenait en train du front pour regagner Tsarskoïe Selo, où il serait arrêté. Pour Danina, ce qui était en train de se produire était impossible à comprendre et plus encore à assimiler. Elle n'en croyait pas ses oreilles et était d'autant plus troublée qu'ils ne cessaient de recevoir des informations contradictoires.

Ce n'est qu'une semaine plus tard, le 22 mars, que Danina reçut enfin un petit mot rédigé à la hâte par Nicolas et apporté par l'un des gardes qui avaient été autorisés à quitter Tsarskoïe Selo. « Nous sommes en résidence surveillée, disait la lettre. Je suis autorisé à aller et venir, mais ne puis laisser la famille impériale en ce moment. Toutes les grandes-duchesses ont la rougeole, et la tsarine s'inquiète désespérément pour Alexis et elles. Reste où tu es, en sécurité, mon amour, je te rejoindrai dès que possible. Je prie pour que nous soyons ensemble de nouveau très bientôt. N'oublie jamais que je t'aime, plus que la vie elle-même. Ne t'aventure pas dehors, c'est trop dangereux. Fais bien attention à toi. Avec tout mon amour, N. »

Elle lut et relut la missive. Ses mains tremblaient. Elle n'arrivait pas à le croire... Le tsar avait abdiqué, et toute la famille était sous résidence surveillée. Elle regrettait amèrement d'être partie. S'il y avait du danger, elle aurait préféré l'affronter au côté de Nicolas, quitte à mourir avec lui.

Le mois de mars tirait à sa fin lorsque Nicolas put enfin la rejoindre. Il paraissait épuisé et inquiet ; il avait fait tout le trajet depuis Tsarskoïe Selo à cheval, seul moyen de transport encore à sa disposition. Les soldats qui gardaient la famille impériale lui avaient permis de partir et lui avaient promis qu'ils le laisseraient revenir.

L'air à la fois hagard et désespéré, il s'assit à côté d'elle dans le couloir, devant le bureau de Mme Markova, et lui dit sans ambages qu'ils devaient quitter la Russie aussi vite que possible.

— Des choses terribles se préparent. Nous ne pouvons imaginer ce qui va se passer ici. J'ai convaincu Mary d'emmener les enfants en

Angleterre, ils partiront la semaine prochaine. Elle est toujours anglaise, et il est presque certain qu'elle pourra s'en aller sans difficulté, mais en ce qui nous concerne, c'est moins sûr. Dès que les grandes-duchesses n'auront plus la rougeole, je veux que nous fassions le nécessaire pour trouver de la place sur un bateau en partance pour les Etats-Unis.

— C'est un cauchemar, gémit Danina, horrifiée.

En l'espace de quelques semaines, tout leur univers semblait s'être effondré.

— Comment vont le tsar et sa famille ? Ont-ils très peur ?

Elle pensait tant à eux ! Le mois écoulé avait dû être affreusement éprouvant pour eux. Cependant, Nicolas secoua la tête sans dissimuler son admiration.

— Ils sont tous remarquablement courageux. Dès que le tsar est rentré, tout le monde a recouvré son calme. Les gardes les traitent raisonnablement bien, mais ils n'ont pas le droit de quitter les terres de Tsarskoïe Selo.

— Que va-t-on leur faire ? demanda-t-elle, les yeux agrandis par la peur.

— Rien, sans doute. Mais cela a été un grand choc, et une triste fin. Il est question qu'ils partent en Angleterre, où ils ont des cousins, mais cela demande de longues négociations. Il se peut qu'ils aillent à Livadia en attendant. Si c'est le cas, je les accompagnerai, et ensuite je te rejoindrai. Je m'arrangerai pour que nous puissions partir en Amérique dès que possible. Tu dois te préparer, Danina.

Cette fois, il n'était pas question de discuter, de peser le pour et le contre. Danina avait désormais la certitude qu'elle partirait avec lui.

Avant de la quitter ce soir-là, il lui remit une liasse de billets de banque et lui dit de leur acheter des allers simples pour l'Amérique. Ils partiraient dans quelques semaines ; d'ici là, il était certain que la famille impériale serait confortablement installée et qu'il pourrait lui faire ses adieux pour aller retrouver Danina.

C'est cependant avec un sentiment de terreur qu'elle le regarda s'éloigner. Et si quelque chose lui arrivait ? Au moment de monter sur son cheval, il se retourna vers elle, lui sourit et lui dit de ne pas s'inquiéter. Avec la famille impériale, affirma-t-il, il risquait moins encore qu'elle à l'école de danse.

Là-dessus, il repartit au galop. Serrant dans sa main l'argent qu'il lui avait laissé, elle se hâta de regagner la sécurité du bâtiment.

Le mois qu'elle passa à attendre de ses nouvelles fut long et éprouvant. A l'intérieur de l'école, danseurs et professeurs essayaient de glaner tant bien que mal quelques informations en écoutant ce qui se disait dans les rues. Le sort du tsar semblait encore incertain. Sa famille et lui resteraient-ils à Tsarskoïe Selo, iraient-ils à Livadia ou partiraient-ils directement retrouver leurs cousins en Angleterre ? Les rumeurs variaient quotidiennement, et les deux lettres que Nicolas parvint à envoyer à Danina ne lui en apprirent pas davantage. Même à Tsarskoïe Selo, tous vivaient dans l'incertitude.

En attendant d'autres nouvelles de Nicolas, Danina prenait soin d'économiser au maximum l'argent qu'il lui avait laissé. Avec un terrible sentiment de culpabilité, elle vendit la grenouille en jade de Fabergé que lui avait offerte Alexis ; elle savait qu'une fois dans le Vermont ils auraient besoin d'argent.

Elle parvint à contacter son père par le biais de son régiment et lui annonça ce qu'elle avait l'intention de faire. Une fois encore la réponse qu'elle reçut de lui contenait de mauvaises nouvelles : le troisième de ses quatre frères avait trouvé la mort. Son père la pressait de faire ce que Nicolas lui avait suggéré. Il se souvenait de sa brève rencontre avec le médecin — bien qu'il ignorât toujours que ce dernier était marié — et pensait que c'était une bonne idée qu'elle l'accompagne dans le Vermont. Il la contacterait là-bas, et Nicolas et elle pourraient revenir en Russie lorsque la guerre serait finie. Dans l'intervalle, il lui demandait de prier pour leur patrie. « Que Dieu te garde, Danina, concluait-il. Je t'aime. »

Sous le choc, elle relut la lettre, incapable de croire qu'elle avait perdu un autre de ses frères. Elle commençait à se dire qu'elle ne reverrait plus jamais ceux qu'elle aimait, et ne cessait de s'inquiéter pour sa famille, ses amis et pour Nicolas.

Elle acheta deux billets sur un bateau qui devait prendre la mer à la fin du mois de mai, mais ce n'est que le 1er mai qu'elle reçut des nouvelles de Nicolas. Une fois encore, la lettre qu'il lui envoyait était très courte, car il s'était hâté de l'écrire pour l'expédier le plus vite possible.

« Tout va bien, ici. Nous attendons toujours d'en savoir plus. Chaque jour, on nous annonce quelque chose de différent. On ignore ce qui se dit en Angleterre. C'est une situation pénible pour tout le monde, mais le moral est bon. Il semblerait que la famille impériale doive partir pour Livadia en juin ; je dois rester ici au moins jusqu'à ce moment-là. Je ne peux pas les abandonner maintenant, je suis sûr que tu le comprends. Mary et les garçons ont embarqué la semaine dernière pour l'Angleterre. Je te promets de te rejoindre à Saint-Pétersbourg à la fin du mois de juin. En attendant, ma chérie, prends bien soin de toi et puise force et courage dans notre amour. Ne pense qu'au Vermont, et à notre avenir là-bas. Je viendrai te voir quelques heures, si je le peux. »

Les mains tremblantes, elle reposa la lettre. Des larmes roulaient sur ses joues ; elle pleurait pour Nicolas, pour leur amour, pour ses frères morts au combat, pour tous les hommes sacrifiés et leurs rêves anéantis. Tant de choses s'étaient passées ! Autour d'eux, un monde tout entier s'effondrait. Il lui était impossible de penser à autre chose.

Le lendemain, elle alla changer leurs billets et réserva des places sur un bateau qui partait pour New York à la fin du mois de juin. Elle expliqua à Mme Markova ce qu'elle avait l'intention de faire.

La directrice avait recouvré ses forces, et comme tout le monde désormais, elle s'inquiétait pour l'avenir. Elle ne s'opposait plus au projet de Danina de partir avec Nicolas : de toute façon, la jeune femme ne pouvait plus danser avec eux, et le danger, à Saint-Pétersbourg comme dans toute la Russie, était considérable. En fait, Mme Markova était soulagée que sa protégée puisse s'enfuir, et elle admettait enfin que Nicolas et elle seraient heureux ensemble, mariés ou non. Elle espérait qu'ils parviendraient un jour à officialiser leur union.

Même maintenant qu'elle savait que, dans un mois, elle partirait et serait en sécurité, Danina ne pouvait s'empêcher d'être rongée par l'angoisse et hantée par tout ce qu'elle s'apprêtait à laisser derrière elle. Sa famille, ses amis, sa patrie, l'école de danse qui avait été son seul univers pendant si longtemps...

Nicolas lui avait déjà dit que son cousin lui avait proposé du travail dans sa banque. Ils vivraient chez lui aussi longtemps que nécessaire, jusqu'à ce qu'ils aient les moyens d'emménager ailleurs. Cela, au moins, était rassurant. Nicolas avait l'intention de prendre des cours pour pouvoir exercer la médecine dans le Vermont. Tout était planifié avec précision, même si Danina savait qu'il leur faudrait du temps pour atteindre leur but. Pour l'instant, de toute façon, sa seule et unique préoccupation était de quitter la Russie. Le Vermont lui-même semblait si loin qu'il aurait aussi bien pu se trouver sur une autre planète.

Une semaine avant la date prévue pour leur départ, Nicolas revint la voir, une fois encore porteur de mauvaises nouvelles. La tsarine était tombée malade quelques jours plus tôt, elle était épuisée et très angoissée. Bien que le Dr Botkin fût encore auprès de la famille impériale, Nicolas ne se sentait pas le droit de partir comme prévu. Le départ à Livadia avait une nouvelle fois été repoussé ; on parlait maintenant de juillet. Les anciens souverains attendaient toujours des nouvelles de leurs cousins anglais. Pour l'instant, ces derniers refusaient de s'engager à les recevoir.

— Je veux seulement m'assurer qu'ils soient bien installés, expliqua Nicolas.

Pendant une bonne heure, ils demeurèrent dans les bras l'un de l'autre, s'embrassant en silence, chacun puisant un peu de réconfort dans la présence de l'autre. Pendant ce temps, Mme Markova était allée préparer à Nicolas quelque chose à manger ; il la remercia et dévora cette collation avec appétit. La chevauchée depuis Tsarskoïe Selo avait été longue et pénible.

— Je comprends, mon amour, ne t'inquiète pas, dit Danina avec calme sans lâcher la main de son compagnon.

Elle regrettait seulement de ne pouvoir retourner à Tsarskoïe Selo avec lui, afin de revoir ses amis une dernière fois avant son départ pour les Etats-Unis. Elle écrivit une lettre rapide aux grandes-duchesses et à Alexis, leur envoyant son meilleur souvenir et leur promettant qu'ils se reverraient, et Nicolas la plia avec soin avant de la ranger dans sa poche.

Il lui décrivit en détail la vie à Tsarskoïe Selo depuis que la famille impériale était sous résidence surveillée. Ils avaient tous le droit de se promener dans les jardins, et partout sur les terres. Parfois, des gens se pressaient aux portes et s'adressaient à eux, leur lançant des encouragements ou des reproches. Danina souffrait rien que de l'entendre raconter tout cela, et plus que jamais elle aurait voulu être au côté de ses amis pour pouvoir les soutenir elle aussi, être là pour eux.

Certains des danseurs étaient rentrés chez eux, dans d'autres villes, d'autres pays, même, mais la plupart étaient restés. Bien que toutes les représentations aient été annulées depuis des mois, Mme Markova insistait pour que les cours continuent, comme si de rien n'était. Elle invitait Danina à regarder les autres avec elle. Petit à petit, la jeune femme avait cessé de boiter, même s'il n'était, bien sûr, pas question qu'elle reprenne un jour la danse. Pour l'instant, en vérité, cela n'avait plus d'importance. Elle ne pensait qu'à Nicolas et à leurs amis.

Nicolas revint à la fin du mois de juillet. Cette fois, il savait avec certitude ce qui allait se produire. Le voyage à Livadia avait reçu le veto du gouvernement provisoire, qui l'estimait trop dangereux car il obligeait la famille impériale à traverser des villes et des régions hostiles à l'ancien régime. Ils partiraient donc le 14 août pour Tobolsk, en Sibérie.

Arrivé là dans son récit, Nicolas s'interrompit et jeta à Danina un regard circonspect. Il avait d'autres choses à lui dire mais ne savait comment elle réagirait en apprenant la décision qu'il avait prise.

— Je pars avec eux, dit-il si bas que, dans un premier temps, elle fut certaine d'avoir mal entendu.

— En Sibérie ?

Que voulait-il dire ?

— J'ai obtenu la permission d'effectuer le voyage en train avec eux et de revenir ici aussitôt après. Danina, je ne peux pas les laisser maintenant. Je dois aller jusqu'au bout et m'assurer qu'ils sont en sécurité. Ils resteront en exil à Tobolsk jusqu'à ce que leurs cousins anglais aient donné de leurs nouvelles. Livadia aurait été bien plus agréable, mais le gouvernement veut qu'ils soient aussi loin que possible, soi-disant pour leur propre sécurité. Ils sont tous bouleversés, et je ne veux pas les abandonner. Tu dois comprendre. Ils ont été une véritable famille pour moi.

— Je comprends, acquiesça-t-elle, les yeux remplis de larmes. Je suis si triste pour eux ! Les gardes les traitent-ils correctement, au moins ?

— Oui, tout à fait. Bon nombre de domestiques sont partis, mais à part ça, à l'intérieur du palais, peu de choses ont changé.

Néanmoins, ils savaient tous deux qu'il en

irait bien autrement en Sibérie et, à l'instar de Nicolas, Danina s'inquiétait pour Alexis.

— C'est pour cela que je veux y aller, admit-il. Botkin vient aussi, et il restera auprès d'eux. C'est lui qui a pris cette décision et, d'une certaine manière, j'en suis heureux car cela me libère et me permet de revenir ici.

Il s'interrompit un moment et prit une profonde inspiration. Danina sentit un frisson d'appréhension la parcourir. Elle devinait déjà ce qu'il s'apprêtait à lui dire.

— Danina..., commença-t-il. Je ne veux pas que tu changes nos billets une fois de plus. Il faut que tu partes. C'est trop dangereux, ici. N'importe quoi peut arriver, en particulier en ville. Quand je serai loin, je ne pourrai plus venir te voir, te protéger.

Une fois en route pour la Sibérie, il n'aurait plus aucun moyen de l'aider. Déjà, faire l'aller-retour entre Tsarskoïe Selo et Saint-Pétersbourg était devenu très difficile.

— Je veux que tu embarques pour les Etats-Unis le 1er août, comme prévu. Moi, j'accompagnerai le tsar et sa famille en Sibérie, et dans quelques semaines, dès mon retour à Saint-Pétersbourg, je prendrai un bateau à mon tour. Je me sentirai beaucoup plus tranquille si je te sais là-bas, et Viktor pourra prendre soin de toi. Je ne veux pas de discussion, je veux que tu fasses ce que je te demande, ajouta-t-il avec une fermeté et une sévérité inhabituelles.

Il s'attendait à ce qu'elle lui oppose une farouche résistance, mais il fut agréablement surpris de la voir hocher la tête en silence, des larmes plein les yeux.

— Je comprends. C'est dangereux, ici. J'irai... Et tu me rejoindras dès que possible.

Elle comprenait qu'il était inutile de se rebeller : il avait raison, cette fois, même si elle souffrait terriblement à l'idée de le laisser. Mieux valait qu'elle s'en aille avant qu'il ne parte pour la Sibérie avec le tsar.

— Quand penses-tu pouvoir venir ?

— En septembre au plus tard, j'en suis certain cette fois. Et, en attendant, je serai bien plus heureux si je te sais loin d'ici et en sécurité.

Tendrement, il la prit dans ses bras et la serra contre lui. Elle pleurait, appréhendant les semaines qu'elle allait devoir passer sans lui avant qu'il ne la rejoigne.

Nicolas savait déjà que Mary et les enfants étaient tirés d'affaire et contents d'avoir quitté la Russie. Maintenant, il voulait que Danina parte à son tour. Il avait confiance en son cousin et était certain que celui-ci s'occuperait bien d'elle. Viktor lui avait déjà promis de faire tout son possible pour les aider. Danina serait entre de bonnes mains.

Il avait parlé de ses projets à Mary avant son départ, et elle s'était montrée étonnamment compréhensive ; elle lui avait même dit qu'il pourrait rendre visite à leurs fils aussi souvent qu'il le souhaiterait. Mais Nicolas et elle savaient bien que des années risquaient de s'écouler avant qu'il puisse revenir en Europe.

Mary lui avait souhaité bonne chance au

moment de le quitter. Mais elle n'avait pas pleuré, contrairement à lui et aux enfants. Elle était soulagée de laisser enfin la Russie derrière elle. Quant à Nicolas, il se sentait désormais libre d'aller de l'avant, dès qu'il aurait achevé sa mission auprès de la famille impériale.

— Je reviendrai ici dans un jour ou deux, dit-il à Danina avant de la quitter, et nous nous installerons dans un hôtel ensemble jusqu'à ton départ.

Il voulait passer encore un peu de temps avec elle, la serrer dans ses bras, s'assurer qu'elle monte bien à bord du bateau. Ils n'auraient qu'un mois ou deux à attendre avant de se retrouver, mais il éprouvait le besoin d'être un peu avec elle avant son départ. Cela faisait maintenant cinq mois qu'elle avait quitté Tsarskoïe Selo pour se rendre au chevet de Mme Markova à Saint-Pétersbourg, une éternité, pour eux. Au cours de cette période, tout leur univers avait changé. Plus rien ne serait jamais pareil.

Il aurait préféré partir en même temps qu'elle, mais sa conscience ne le lui aurait jamais permis. Il devait d'abord s'assurer que la famille impériale arrive sans encombre en Sibérie. C'était la moindre des choses, après tant d'années passées au service du tsar et de sa femme, et après tout ce que ces derniers avaient fait pour Danina et lui.

Comme prévu, il partit ce soir-là et revint à Saint-Pétersbourg trois jours avant le départ de Danina. Lorsqu'il arriva, elle assistait à un cours avec Mme Markova ; instinctivement, elle releva la tête et le vit dans l'encadrement de la porte.

Elle comprit alors que l'heure des adieux, ce moment qu'elle redoutait tant, avait sonné. Il était temps pour elle de partir.

A côté d'elle, elle sentit Mme Markova se raidir. Danina la regarda un long moment, avant de se diriger lentement vers Nicolas. Elle ne boitait plus du tout, à présent. Ses bagages se trouvaient dans sa chambre, et elle était prête.

Nicolas alla l'attendre dans le hall pendant qu'elle prenait ses dernières affaires, et Mme Markova en profita pour s'approcher d'elle. Tout ce que Danina possédait tenait dans une petite malle et une vieille valise.

Elles se turent durant un long moment. Enfin, Mme Markova brisa le silence.

— Je ne pensais pas que ce jour funeste finirait par arriver, dit-elle d'une voix altérée par l'émotion. Et je ne pensais pas que je te laisserais partir... Mais maintenant, je suis contente pour toi. Je veux que tu sois heureuse, Danina. Tu dois t'en aller.

— Vous allez tellement me manquer ! s'exclama Danina en la prenant dans ses bras. Je reviendrai vous voir, c'est promis.

Mais, au fond de son cœur, Mme Markova savait qu'il n'en serait rien. Alors qu'elle regardait cette enfant qu'elle aimait tant, devenue une femme à présent, elle sentit qu'elle ne la reverrait jamais. Toute son âme lui criait qu'elles vivaient leurs derniers instants ensemble.

— Tu ne dois jamais oublier tout ce que tu as appris avec nous, ce que la danse signifiait pour toi, qui tu as été ici... et qui tu seras toujours. Emporte tout cela au fond de toi, Danina. Tu ne dois pas le laisser derrière toi. Cela fait partie de toi, maintenant.

— Je ne veux pas vous quitter, dit Danina d'une voix angoissée.

— Tu le dois. Nicolas viendra te rejoindre en Amérique dès qu'il le pourra et vous serez heureux ensemble. J'y crois. C'est ce que je te souhaite de tout mon cœur.

— Je voudrais pouvoir vous emmener avec moi, murmura Danina en s'accrochant à elle avec désespoir.

— Je t'accompagne par la pensée... Et une partie de toi restera à jamais avec moi. Ici, ajouta-t-elle en désignant son cœur d'un long doigt gracieux. Il est temps, à présent, Danina.

Elle se détacha d'elle, et ensemble elles prirent la malle, qu'elles portèrent dans le hall où Nicolas les attendait. Il s'empressa d'aller les soulager de leur fardeau, et en s'approchant il comprit aussitôt combien ces adieux leur étaient pénibles à toutes les deux.

— Tu es prête ? demanda-t-il à Danina avec douceur.

Elle hocha la tête et se dirigea vers la porte. Mme Markova la suivit lentement, sans la quitter des yeux, comme pour profiter de chaque seconde.

A l'instant où ils l'atteignaient, la porte d'entrée s'ouvrit, et une enfant entra. Elle devait avoir huit ou neuf ans et portait une valise ; sa mère se tenait fièrement derrière elle. C'était une jolie fillette avec deux nattes blondes, et elle posa sur Danina un regard intrigué.

— Tu es danseuse ? demanda-t-elle avec curiosité.

— Plus maintenant, répondit Danina.

Cela lui coûtait de l'admettre. Nicolas et Mme Markova, qui la regardaient, en eurent le cœur serré.

— Je vais être ballerine, et je vais vivre ici pour toujours, annonça l'enfant avec un grand sourire.

Danina hocha la tête, se remémorant le jour où elle était arrivée, beaucoup plus jeune, plus timide et plus effrayée que cette petite fille, et sans sa mère pour l'accompagner.

— Je crois que tu seras très heureuse, ici, affirma-t-elle en s'efforçant de sourire à travers ses larmes. Mais tu vas devoir travailler très, très dur. Tout le temps. Chaque jour. Tu devras aimer la danse plus que tout au monde, et être prête à lui sacrifier tout ce que tu aimes, tout ce que tu veux, tout ce que tu as, tout ce que tu penses... Il faut que la danse soit toute ta vie, à présent.

Comment expliquer cela à une enfant de neuf ans ? Comment lui apprendre à tout sacrifier ? Cela s'enseignait-il, d'ailleurs ? Danina l'ignorait. Elle effleura doucement la tête de l'enfant du bout des doigts lorsqu'elle la dépassa pour atteindre la porte, et elle leva vers Mme Markova des yeux pleins de larmes. Dire au revoir, après tant d'années de sacrifice, d'amour et de générosité, lui semblait au-dessus de ses forces.

Pour elle, l'histoire touchait à sa fin. La danse s'achevait... Pour l'enfant, elle commençait à peine.

— Prenez bien soin d'elle, dit Mme Markova à Nicolas dans un murmure.

Puis, après avoir étreint la main de Danina une dernière fois, elle tourna les talons, très droite, et s'éloigna afin qu'ils ne la voient pas pleurer. Danina demeura là et la regarda un long moment. Puis, pour la dernière fois, elle franchit la porte de l'école de danse.

Elle se retrouva dehors. Dehors, comme tout le monde. Elle ne faisait plus partie de la troupe de ballet, elle n'avait plus sa place au Mariinsky. Le moment qu'elle avait craint toute son existence était arrivé. Elle quittait à jamais le monde de la danse. Elle ne pourrait plus retourner en arrière.

Derrière elle, la porte se referma doucement.

10

Ils passèrent leur dernier jour à Saint-Pétersbourg à se promener dans les rues, retournant dans tous leurs endroits préférés. Ce fut une longue journée, pleine de souvenirs, d'émotions, de rappels douloureux. Soudain, Danina n'arrivait plus à se rappeler pourquoi elle s'en allait. Ils aimaient tant cet endroit, tous les deux, pourquoi vouloir le quitter ? Hélas, ils ne pouvaient plus fermer les yeux davantage. Ils étaient en danger, ici. Leur vie en Russie arrivait à son terme. Jamais ils ne pourraient y rester et être heureux, surtout à présent que la révolution était en marche.

Pourtant, sans cette révolution, Danina en était consciente, Mary serait restée en Russie et aurait refusé de se séparer de Nicolas. Danina n'aurait eu nulle part où aller après son départ de l'école de danse. S'ils devaient partir et parcourir des milliers de kilomètres pour espérer vivre ensemble, tous deux savaient que cela en valait la peine. Quitter la Russie était horriblement douloureux ; encore une journée, et elle serait sur le bateau, et dans un mois il la rejoindrait, et ils pourraient être ensemble pour de bon, enfin. Une grande aventure les attendait, même si Danina était affreusement triste de laisser Nicolas en Russie.

Pour le moment, ils étaient descendus dans un hôtel, sous son nom à lui. A leur retour de promenade, ils achetèrent un journal et lurent avec désespoir les nouvelles de la guerre. Tout ce qu'annonçaient les journaux était affolant.

Ce soir-là, ils dînèrent dans leur chambre et s'accrochèrent l'un à l'autre, profitant de leurs derniers moments ensemble, désireux d'être seuls durant les quelques heures qui les séparaient du départ. Ils avaient tant de choses à se dire, tant de rêves à partager, de promesses à échanger. Le temps passait beaucoup trop vite. Ils ne dormirent pratiquement pas, les trois derniers jours, afin de profiter au maximum l'un de l'autre. Les bagages de Danina étaient prêts, et avec eux les quelques trésors et souvenirs qui l'accompagneraient par-delà l'Atlantique. Nicolas envoyait deux de ses malles avec elle également, comme pour lui prouver qu'il avait bien l'intention de la rejoindre. La jeune femme emportait les robes que la tsarine lui avait offertes, bien qu'elle sût qu'elles faisaient partie de son passé désormais, comme tout le reste.

Danina se demandait parfois comment ils expliqueraient à leurs enfants, s'ils en avaient un jour, ce que leur vie avait été. Cela ressemblerait à un conte de fées, pour eux. Peut-être fallait-il oublier, en fin de compte, ranger les souvenirs, les programmes des ballets, les photographies, les robes, les chaussons de danse, et se contenter de les épousseter de temps en temps. Ou peut-être cela même serait-il trop douloureux. Elle sentait qu'après son départ de Saint-Pétersbourg elle devrait refermer à jamais la porte sur le passé.

Ils allèrent se coucher tôt, le dernier soir, et passèrent la nuit dans les bras l'un de l'autre, dormant à peine. Hélas, le soleil ne se leva que trop vite ; le cœur lourd, ils quittèrent pour la dernière fois le lit qu'ils avaient partagé. Danina devinait déjà combien l'absence de Nicolas serait difficile à supporter, combien elle se sentirait seule.

Le porteur descendit ses affaires et les deux malles de Nicolas au rez-de-chaussée, et lorsque la porte se referma doucement derrière elle, elle eut l'impression d'être une enfant quittant à jamais la maison de ses parents.

— Je te le promets, Danina, je viendrai bientôt, quelle que soit la situation ici. Rien ne pourra m'en empêcher, la rassura Nicolas dans la voiture qui les emmenait au port, comme s'il lisait dans ses pensées.

Elle était folle d'angoisse à l'idée de le laisser, surtout en sachant qu'il allait en Sibérie avec le tsar et sa famille avant de revenir à Saint-Pétersbourg.

Il l'aida à monter à bord du navire et l'installa dans sa cabine. Elle devait la partager avec une autre femme, mais celle-ci n'était pas encore arrivée, et Danina put choisir sa couchette. Elle craignait la traversée, tout à coup, et le lui avoua. Sans lui, elle serait désespérément seule, et elle aurait en permanence peur pour lui.

— Tu me manqueras aussi, assura-t-il en lui souriant avec amour. A chaque instant. Prends bien soin de toi, mon amour. Tu vas voir, je te rejoindrai très rapidement.

Elle remonta sur le pont avec lui lorsque la corne du bateau retentit, prévenant les visiteurs qu'ils devaient redescendre à terre. Un long moment, ils s'étreignirent en silence. Peu leur importait d'être vus, à présent. Ils se considéraient, au fond d'eux-mêmes, comme mari et femme.

— Je t'aime. Ne l'oublie pas. Je viendrai dès que possible. Embrasse mon cousin pour moi. Tu verras, il est un peu ennuyeux, mais très gentil. Il va te plaire.

— Tu vas me manquer horriblement, dit Danina, les larmes aux yeux, incapable de dissimuler son émotion.

— Je sais, répondit-il doucement. Toi aussi.

Il lui donna un long baiser, puis la corne retentit pour la dernière fois et on commença à ôter les passerelles.

— Laisse-moi rester avec toi, dit Danina dans un souffle, tout à coup prise de panique. Je ne veux pas te quitter. Peut-être qu'ils accepteraient que je t'accompagne en Sibérie...

Elle aurait donné n'importe quoi pour demeurer avec lui.

— Ils ne te laisseraient jamais faire, mon amour, tu le sais bien.

Il ne voulait pas lui dire que c'était dangereux, mais ils en avaient conscience tous les deux. Il voulait la savoir en sécurité dans le Vermont, à présent, même s'il mourait d'envie de rester à son côté.

— Souviens-toi seulement que je t'aime à la folie, dit-il une nouvelle fois. Souviens-t'en jusqu'au jour de nos retrouvailles. Je t'aime plus que tout, Danina Petroskova...

C'était la dernière fois qu'il l'appelait par son nom. Ils avaient déjà prévu que, dans le Vermont, elle utiliserait le sien, Obrajensky, afin que nul ne sache qu'ils n'étaient pas mariés.

— Je t'aime tant, Nicolas !

En prononçant ces mots, elle porta instinctivement la main à son pendentif. Il était là, autour de son cou, sous son pull-over.

— A très bientôt, promit-il une dernière fois.

Il l'embrassa très vite, puis se hâta de descendre le long de la dernière passerelle, tandis qu'elle s'approchait du bastingage pour pouvoir le regarder. Dès qu'il eut sauté sur le quai, il se retourna vers elle.

— Je t'aime ! cria-t-elle. Sois prudent !

Ils échangèrent de grands signes, sans cesser de se répéter silencieusement qu'ils s'aimaient. Quelques instants plus tard, le gros navire commençait à s'éloigner lentement du quai. Le cœur battant, Danina se demandait comment elle avait pu être assez sotte pour se laisser convaincre de quitter Nicolas. C'était une erreur, chaque fibre de son être le lui criait douloureusement. Mais elle savait qu'elle devait se montrer courageuse à présent, par amour pour lui. Ils avaient traversé tant de choses ensemble qu'elle pouvait bien tenir le coup encore un peu, le temps qu'il ait fini sa mission en Russie, qu'il se soit occupé de la famille impériale jusqu'au bout. Puis il la rejoindrait dans le Vermont, et ils vivraient comme mari et femme.

Elle continua à lui faire de grands signes jusqu'à ce qu'elle ne pût plus voir sa haute silhouette.

— Je t'aime, Nicolas, murmura-t-elle dans le vent.

Elle demeura debout sur le pont un long moment. Des larmes coulaient sur ses joues, tandis qu'elle caressait son pendentif du bout des doigts en pensant à Nicolas. Elle n'était pas sûre de savoir pourquoi elle pleurait. Il avait raison : ils avaient tant de rêves à vivre encore ! Tant de choses les attendaient dans le Vermont ! Ils devaient être reconnaissants au destin. Tout allait commencer, désormais. Elle n'avait aucune raison de pleurer, mais au fond de son cœur, elle ne pouvait faire taire la petite voix qui lui soufflait qu'elle avait peut-être vu Nicolas pour la dernière fois. Pourtant, elle n'avait aucune raison de penser cela. C'était idiot, se répéta-t-elle.

Dans le ciel, les dernières mouettes s'éloignaient. Non, elle ne pouvait plus le perdre, maintenant. Impossible.

Avec un soupir et un dernier regard en direction de sa patrie, elle retourna lentement dans sa cabine, sans cesser de penser à lui. Elle ne pouvait pas perdre Nicolas, se répétait-elle. Quoi qu'il leur arrivât, elle l'aimerait toujours. Il n'était plus possible qu'ils soient séparés, maintenant.

EPILOGUE

Les réponses, comme c'est souvent le cas, étaient juste sous mon nez. Lorsque je fis traduire les lettres, j'appris que c'étaient toutes des lettres d'amour envoyées à ma grand-mère par Nicolas Obrajensky. Elles s'étendaient sur une longue période, et l'histoire qu'elles racontaient m'émut jusqu'au plus profond de mon être, comme elle l'avait émue, elle, pendant toute sa vie. Les lettres révélaient tout très clairement.

Le reste, je l'ai appris de deux de ses amies, des voisines, lorsque je suis retournée dans le Vermont, l'été suivant, pour voir la maison familiale et y passer une semaine avec mon mari et mes enfants.

J'ai trouvé les robes de la tsarine au grenier. Elles étaient toujours dans leur malle d'origine ; leurs couleurs étaient fanées, l'hermine avait jauni, et elles faisaient penser à des costumes de théâtre. Je m'étonnai de ne jamais les avoir trouvées au cours de mes explorations enfantines, mais il faut dire que la malle était vieille et en piteux état, et qu'elle avait été rangée dans un coin du grenier. Ses malles à lui étaient encore là, elles aussi ; il y en avait deux, clairement étiquetées au nom du Dr Nicolas Obrajensky. Elle n'avait jamais eu le courage de les défaire, après son arrivée dans le Vermont.

Les programmes des ballets et les photographies la représentant au milieu des autres danseurs avaient pris une signification nouvelle, pour moi, à présent, et les chaussons de danse me paraissaient, d'une certaine manière, sacrés. Je n'avais jamais réalisé combien ils avaient été importants pour elle. Je savais qu'elle avait dansé, mais n'avais pas compris tout ce qu'elle avait donné d'elle-même pour devenir ballerine. J'essayai de l'expliquer à mes enfants, et ils ouvrirent de grands yeux lorsque je leur racontai l'histoire de leur arrière-grand-mère. Puis je montrai à Katie les chaussons de danse, et lui dis qu'ils avaient appartenu à Mamie Dan, et elle se pencha et les embrassa. Cela aurait fait sourire ma grand-mère, je crois.

Comme elle l'avait craint en s'embarquant à bord du paquebot, en août 1917, elle ne revit jamais Nicolas. Fidèle à sa promesse, il suivit la famille impériale à Tobolsk, en Sibérie, et se retrouva pris au piège. Par la suite, on ne l'autorisa plus à repartir, et il resta prisonnier avec eux. Sa dévotion à leur égard avait fini par lui coûter sa liberté et, en juillet 1918, il fut exécuté avec eux. Une lettre très brève, signée d'un nom qui ne m'était pas familier, en avait informé Danina quatre semaines plus tard. Je ne peux qu'imaginer ce qu'elle éprouva à la lecture de cette missive. Moi-même, je sanglotai longuement en parcourant la traduction, tant d'années plus tard. Elle avait dû penser que sa vie était finie, sans lui.

Avant de mourir, cependant, il lui avait écrit une dernière lettre, dans laquelle il disait avoir entendu des rumeurs à propos d'une exécution possible. Il essayait de la préparer au pire. En fait, dans cette lettre, il paraissait étrangement joyeux et fort ; il lui disait qu'elle devait continuer, tenir bon, trouver le bonheur dans sa nouvelle vie, et se souvenir de lui et de leur amour avec joie et non avec chagrin. Il ajoutait que, dans son cœur, il était marié avec elle depuis l'instant où il l'avait rencontrée, et qu'il avait connu à son côté les plus belles années de sa vie. Son seul regret était de ne pas être parti avec elle. Elle avait dû sentir, ce jour-là, qu'ils ne se reverraient jamais ; hélas, le destin ne pouvait être infléchi. Elle était destinée à une autre vie auprès de Viktor et de nous tous ; et lui n'était pas destiné à partager cette vie avec elle.

Son père et le dernier de ses frères avaient été tués à la fin de la guerre. Mme Markova était morte d'une pneumonie, deux ans après sa dernière rencontre avec Danina.

Elle les avait tous perdus, un à un ; irrévocablement, elle avait perdu son pays, sa carrière, les gens qu'elle aimait... l'homme de sa vie, sa famille, et la danse, sa première grande passion.

Et pourtant, il n'y avait jamais rien eu de tragique chez elle, elle n'avait jamais été triste, sinistre, endeuillée. Ils avaient dû lui manquer terriblement, surtout Nicolas. Son cœur avait dû se serrer de temps en temps, et pourtant elle ne m'en avait jamais rien dit. Elle était tout simplement Mamie Dan, avec ses drôles de chapeaux, ses rollers, ses yeux brillants et ses merveilleux biscuits.

Comment avons-nous pu être aussi sots ? Comment avons-nous pu nous en tenir là, quand il y avait tant à découvrir ? Comment ai-je pu m'imaginer que la petite femme aux robes noires élimées n'avait rien à m'apprendre ? Pourquoi croyons-nous que les personnes âgées ont toujours été vieilles ? Pourquoi ne me l'étais-je jamais figurée en robe de velours brodée d'hermine, ou en train de danser *Le Lac des cygnes* pour le tsar ? Et pourquoi ne m'en avait-elle jamais parlé ? Elle avait gardé tous ses secrets pour elle.

Elle avait vécu avec le cousin de Nicolas pendant onze mois, dans l'attente de revoir son amant, puis encore un mois, jusqu'au jour où elle avait reçu la confirmation de l'exécution du tsar et de tout son entourage. Comme Nicolas le lui avait promis, Viktor s'était montré très gentil avec elle. C'était un homme tranquille, avec ses propres souvenirs, ses propres regrets, ses propres deuils à pleurer. Elle avait dû lui apparaître comme un rayon de soleil. Il avait vingt-cinq ans de plus qu'elle.

Cinq mois après la mort de Nicolas, seize mois après son arrivée dans le Vermont, elle avait épousé Viktor Obrajensky, mon grand-père.

Aujourd'hui encore, j'ignore si elle l'aima jamais. Je suppose que oui. Sans doute étaient-ils amis. Bien que peu bavard, il était clair qu'il l'adorait, et elle parlait toujours de lui avec tendresse et admiration. Eprouva-t-elle pour lui ce qu'elle avait éprouvé pour son cousin ? J'en doute, à vrai dire, même si je pense qu'à sa manière elle lui était attachée. Nicolas avait été sa grande passion, symbole des rêves de sa jeunesse trop tôt sacrifiée.

Tant de choses que j'ignorais... que je n'aurais même pas pu imaginer. Elle était décidément un mystère, un puzzle dont je ne possède qu'aujourd'hui certaines pièces : la malle, les chaussons, le pendentif, les lettres. Mais le reste, les souvenirs, les succès extraordinaires, tous les gens qu'elle aimait tant, elle les a emportés avec elle. Je n'ai qu'un regret : ne pas en avoir su davantage sur elle, à l'époque où elle était encore près de moi.

Mamie Dan, ma grand-mère bien-aimée, vivra à jamais dans mon cœur. Danina Petroskova, elle, appartenait à d'autres. Sans doute aimait-elle encore Nicolas à la fin de sa vie pour avoir emporté ses lettres avec elle dans sa maison de retraite, ainsi que sa photo et son pendentif. Elle avait dû lire et relire les lettres, ou peut-être, après tant d'années passées à les parcourir, les connaissait-elle par cœur.

Et maintenant, quand je ferme les yeux, elle n'est plus vieille... Ses robes ne sont plus noires et élimées... Elle n'est plus occupée à préparer des biscuits. Elle me sourit, aussi jeune et belle que sur les photographies jaunies des programmes de ballet, et elle danse sur ses pointes, sous le regard de Nicolas Obrajensky qui lui sourit. Et je me dis que, quelque part, aujourd'hui, ils sont enfin ensemble.

“Jeux de miroir”

Double Reflet
de Danielle Steel
(pocket n° 11269)

Si ce n’est une remarquable ressemblance physique, tout oppose les deux filles d’Edward Henderson :
la douce Olivia, parfaite femme d’intérieur
et Victoria, la rebelle, militante féministe.
Quand il apprend la liaison qu’entretient Victoria avec un père de famille, Henderson réagit fermement et la marie à Charles, un jeune veuf qui élève seul son fils de neuf ans.
Mais Victoria s’ennuie et Olivia a toujours eu un faible pour Charles…

Il y a toujours un Pocket à découvrir

Imprimé en France sur Presse Offset par

BRODARD & TAUPIN

GROUPE CPI

14820 – La Flèche (Sarthe), le 13-09-2002
Dépôt légal : octobre 2002

POCKET – 12, avenue d'Italie - 75627 Paris cedex 13
Tél. : 01.44.16.05.00